朱自清作品精選 1

經典新版

背影

朱自清

朱自清——著

序

胡適之先生在一九二二年三月，寫了一篇《五十年來中國之文學》；篇末論到白話文學的成績，第三項說：

白話散文很進步了。長篇議論文的進步，那是顯而易見的，可以不論。這幾年來，散文方面最可注意的發展，乃是周作人等提倡的「小品散文」。這一類的小品，用平淡的談話，包藏著深刻的意味；有時很像笨拙，其實卻是滑稽。這一類作品的成功，就可徹底打破那「美文不能用白話」的迷信了。

胡先生共舉了四項。第一項白話詩，他說，「可以算是上了成功的路了」；第二項短篇小說，他說「也漸漸的成立了」；第四項戲劇與長篇小說，他說「成績最壞」。他沒有說那一種成績最好；但從語氣上看，小品散文的至少不比白話詩和短篇小說的壞。現在是六年以後了，情形已是不同：白話詩雖也有多少的進展，如採用西洋詩的格律，但是太需緩了；文壇上對於它，已迴非先前的熱鬧可比。胡先生那時預言，「十年之內的中國詩界，定有大放光明的一個時期」；現在看看，似乎絲毫沒有把握。短篇小說的情形，比前爲好，長篇差不多和從前一樣。戲劇的演作兩面，卻已有可注意的成績，這令人高興。最發達的，要算是小品散文。三四年來風起雲湧的種種刊物，都有意或無意地發表了許多散文，近一年這種刊物更多。各書店出的散文集也不少。《東方雜誌》從二十二卷（一九二五）起，增闢「新語林」一欄，也載有許多小品散文。夏丏尊、劉薰宇兩先生編的《文章作法》，於記事文，敘事文，說明文，議論文而外，有小品文的專章。去年《小說月報》的「創作號」（七號），也特闢小品一欄。小品散文，於是乎極一時之盛。東亞病夫在今年三月「覆胡適的信」（《真美善》一卷十二號）裏，論這幾年文學的成績說：「第一是小品文字，含諷刺的，析心理的，寫自然的，往往著墨不多，而餘味曲包。第二是短篇小說。……第三是詩。……」這個觀察大致不錯。

但有舉出「懶惰」與「欲速」，說是小品文和短篇小說發達的原因，那卻是不夠的。現在姑且丟開短篇小說而論小品文：所謂「懶惰」與「欲速」，只是它的本質的原因之一面；它的歷史的原因，其實更來得重要些。我們知道，中國文學向來大抵以散文學爲正宗；散文的發達，正是順勢。而小品散文的體制，舊來的散文學裏也盡有；只精神面目，頗不相同罷了。試以姚鼐的十三類爲準，如序跋，書牘，贈序，傳狀，碑誌，雜記，哀祭七類中，都有許多小品文字；陳天定選的《古今小品》，甚至還將詔令，箴銘列入，那就未免太廣泛了。我說歷史的原因，只是歷史的背景之意，並非指出現代散文的源頭所在。胡先生說，周先生等提倡的小品散文，「可以打破『美文不能用白話』的迷信」。他說的那種「迷信」的正面，自然是「美文只能用文言了」；這也就是說，美文古已有之，只周先生等才提倡用白話去做罷了。周先生自己在《雜拌兒》序裏說：

……明代的文藝美術比較地稍有活氣，文學上頗有革新的氣象，公安派的人能夠無視古文的正統，以抒情的態度作一切的文章，雖然後代批評家貶斥它為淺率空疏，實際卻是真實的個性的表現，其價值在竟陵派之上。以前的文人對於著作的態度，可以說是二元的，而他們則是一元的，在這一點上與現代寫文章的人正是一致，……以前的人以為文是「以載道」的東西，但此外另有一種文章卻是可以寫了來消遣的；現在則又把它統一了，去寫或讀可以說是本於消遣，但同時也就傳了道了，或是聞了道。……這也可以說是與明代的新文學家的意思相差不遠的。在這個情形之下，現代的文學——現在只就散文說——與明代的有些相像，正是不足怪的，雖然並沒有去模仿，或者也還很少有人去讀明文，又因時代的關係在文字上很有歐化的地方，思想上也自然要比四百年前有了明顯的改變。

這一節話論現代散文的歷史背景，頗爲扼要，且極明通。明朝那些名士派的文章，在舊來的散文學裏，確是最與現代散文相近的。但我們得知道，現代散文所受的直接的影響，還是外國的影響；這一層周先生不曾明說。我們看，周先生自己的書，如《澤瀉集》等，裏面的文章，無論從思想說，從表現說，豈是那些名士派的文章裏找得出的？——至多「情趣」有一些相似罷了。我寧可說，他所受的「外國的影響」比中國的多。而其餘的作家，外國的影響有時還要多些，像魯迅先生，徐志摩先生。歷史的背景只指給我們一個趨勢，詳細節目，原要由各人自定；所以說了外國的影響，歷史的背景並不因此抹殺的。但你要問，散文既有那樣歷史的優勢，爲什麼新文學的初期，倒是詩，短篇小說和戲劇盛行呢？我想那也許是一種反動。這反動原是好的，但歷史的力量究竟太大了，你看，它們支持了幾年，終於懈弛下來，讓散文恢復了原有的位置。這種現象卻又是不健全的；要明白此層，就要說到本質的原因了。

分別文學的體制，而論其價值的高下，例如亞里斯多德在《詩學》裏所做的，那是一件批評的大業，包孕著種種議論和衝突；淺學的我，不敢贊一辭。我只覺得體制的分別有時雖然很難確定，但從一般見地說，各體實在有著個別的特性；這種特性有著不同的價值。抒情的散文和純文學的詩，小說，戲劇相比，便可見出這種分別。我們可以說，前者是自由些，後者是謹嚴些：詩的字句、音節，小說的描寫、結構，戲劇的剪裁與對話，都有種種規律（廣義的，不限於古典派的），必須精心結撰，方能有成。散文就不同了，選材與表現，比較可隨便些；所謂「閒話」，在一種意義裏，便是它的很好的詮釋。它不能算作純藝術品，與詩，小說，戲劇，有高下之別。但對於「懶惰」與「欲速」的人，它確是一種較爲相宜的體制。這便是它的發達的另一原因了。我以爲真正的文學發展，還當從純文學下手，單有散文學是不夠的；所以說，現在的現象是不健全的。——希望這只是暫時的過渡期，不久純文學便會重新發展起來，至少和散文學一樣！但就散文論散文，這三四年的發展，確是絢爛極了：有種種的樣式，種種的流派，表現著，批評著，解釋著人生的各面，遷流曼衍，日新月異：有中國名士風，有外國紳士風，有隱士，有叛徒，在思想上是如此。或描寫，或諷刺，或委曲，或縝密，或勁健，或綺麗，或洗煉，或流動，或含蓄，在表現上是如此。

我是大時代中一名小卒，是個平凡不過的人。才力的單薄是不用說的，所以一向寫不出什麼好東西。我寫過詩，寫過小說，寫過散文。二十五歲以前，喜歡寫詩；近幾年詩情枯竭，擱筆已久。前年一個朋友看了我偶然寫下的《戰爭》，說我不能做抒情詩，只能做史詩；這其實就是說我不能做詩。我自己也有些覺得如此，便越發懶怠起來。短篇小說是寫過兩篇。現在翻出來看，《笑的歷史》只是庸俗主義的東西，材料的擁擠，像一個大肚皮的掌櫃；《別》的用字造句，那樣扭扭捏捏的，像半身不遂的病人，讀著真怪不好受的。我覺得小說非常地難寫；不用說長篇，就是短篇，那種經濟的，嚴密的結構，我一輩子也學不來！我不知道怎樣處置我的材料，使它們各得其所。至於戲劇，我更是始終不敢染指。我所寫的大抵還是散文多。既不能運用純文學的那些規律，而又不免有話要說，便只好隨便一點說著；憑你說「懶惰」也罷，「欲速」也罷，我是自然而然採用了這種體制。

這本小書裏，便是四年來所寫的散文。其中有兩篇，也許有些像小說；但你最好只當作散文看，那是彼此有益的。至於分作兩輯，是因爲兩輯的文字，風格有些不同；怎樣不同，我想看了便會知道。關於這兩類文章，我的朋友們有相反的意見。郢看過《旅行雜記》，來信說，他不大喜歡我做這種文章，因爲是在模仿著什麼人；而模仿是要不得的。這其實有些冤枉，我實在沒有一點意思要模仿什麼人。他後來看了《飄零》，又來信說，這與《背影》是我的另一面，他是喜歡的。但火就不如此。他看完《蹤跡》，說只喜歡《航船中的文明》一篇；那正是《旅行雜記》一類的東西。這是一個很有趣的對照。我自己是沒有什麼定見的，只當時覺著要怎樣寫，便怎樣寫了。我意在表現自己，盡了自己的力便行；仁智之見，是在讀者。

朱自清

《背影》目次

你我

語文影及其他

背影

女人

白水是個老實人，又是個有趣的人。他能在談天的時候，滔滔不絕地發出長篇大論。這回聽勉子說，日本某雜誌上有《女？》一文，是幾個文人以「女」爲題的桌話的記錄。他說，「這倒有趣，我們何不也來一下？」我們說，「你先來！」他搔了搔頭髮道：「好！就是我先來；你們可別臨陣脫逃才好。」我們知道他照例是開口不能自休的。果然，一番話費了這多時候，以致別人只有補充的工夫，沒有自敘的餘裕。那時我被指定爲臨時書記，曾將桌上所說，拉雜寫下。現在整理出來，便是以下一文。因爲十之八是白水的意見，便用了第一人稱，作爲他自述的模樣；我想，白水大概不至於不承認吧？

老實說，我是個歡喜女人的人；從國民學校時代直到現在，我總一貫地歡喜著女人。雖然不曾受著什麼「女難」，而女人的力量，我確是常常領略到的。女人就是磁石，我就是一塊軟鐵；爲了一個虛構的或實際的女人，呆呆的想了一兩點鐘，乃至想了一兩個星期，真有不知肉味光景——這種事是屢屢有的。在路上走，遠遠的有女人來了，我的眼睛便像蜜蜂們嗅著花香一般，直攫過去。但是我很知足，普通的女人，大概看一兩眼也就夠了，至多再掉一回頭。像我的一位同學那樣，遇見了異性，就立正——向左或向右轉，仔細用他那兩隻近視眼，從眼鏡下面緊緊追出去半日半日，然後看不見，然後開步走——我是用不著的。我們地方有句土話說：「乖子望一眼，呆子望到晚；」我大約總在「乖子」一邊了。我到無論什麼地方，第一總是用我的眼睛去尋找女人。在火車裏，我必走遍幾輛車去發見女人；在輪船裏，我必走遍全船去發見女人。我若找不到女人時，我便逛遊戲場去，趕廟會去，——我大膽地加一句——參觀女學校去；這些都是女人多的地方。於是我的眼睛更忙了！我拖著兩隻腳跟著她們走，往往直到疲倦為止。

我所追尋的女人是什麼呢？我所發見的女人是什麼呢？這是藝術的女人。從前人將女人比做花，比做鳥，比做羔羊；他們只是說，女人是自然手裏創造出來的藝術，使人們歡喜讚嘆——正如藝術的兒童是自然的創作，使人們歡喜讚嘆一樣。不獨男人歡喜讚嘆，女人也歡喜讚嘆；而「妒」便是歡喜讚嘆的另一面，正如「愛」是歡喜讚嘆的一面一樣。受歡喜讚嘆的，又不獨是女人，男人也有。「此柳風流可愛，似張緒當年」，便是好例；而「美豐儀」一語，尤為「史不絕書」。但男人的藝術氣分，似乎總要少些；賈寶玉說得好：男人的骨頭是泥做的，女人的骨頭是水做的。這是天命呢？還是人事呢？我現在還不得而知；只覺得事實是如此罷了。——你看，目下學繪畫的「人體習作」的時候，誰不用了女人做他的模特兒呢？這不是因為女人的曲線更為可愛麼？

我們說，自有歷史以來，女人是比男人更其藝術的；這句話總該不會錯吧？所以我說，藝術的女人。所謂藝術的女人，有三種意思：是女人中最為藝術的，是女人的藝術的一面，是我們以藝術的眼去看女人。我說女人比男人更其藝術的，是一般的說法；說女人中最為藝術的，是個別的說法。——而「藝術」一詞，我用它的狹義，專指眼睛的藝術而言，與繪畫，雕刻，跳舞同其範類。藝術的女人便是有著美好的顏色和輪廓和動作的女人，便是她的容貌，身材，姿態，使我們看了感到「自己圓滿」的女人。這裏有一塊天然的界碑，我所說的只是處女，少婦，中年婦人，那些老太太們，爲她們的年歲所侵蝕，已上了凋零與枯萎的路途，在這一件上，已是落伍者了。女人的圓滿相，只是她的「人的諸相」之一；她可以有大才能，大智慧，大仁慈，大勇毅，大貞潔等等，但都無礙於這一相。諸相可以幫助這一相，使其更臻於充實；這一相也可說明諸相，分其圓滿於它們，有時更能遮蓋它們的缺處。我們之看女人，若被她的圓滿相所吸引，便會不顧自己，不顧她的一切，而只陶醉於其中；這個陶醉是刹那的，無關心的，而且在沉默之中的。

我們之看女人，是歡喜而決不是戀愛。戀愛是全般的，歡喜是部分的。戀愛是整個「自我」與整個「自我」的融合，故堅深而久長；歡喜是「自我」間斷片的融合，故輕淺而飄忽。這兩者都是生命的趣味，生命的姿態。但戀愛是對人的，歡喜卻兼人與物而言。——此外本還有「仁愛」，便是「民胞物與」之懷；再進一步，「天地與我並生，萬物與我爲一」，便是「神愛」，「大愛」了。這種無分物我的愛，非我所要論；但在此又須立一界碑，凡偉大莊嚴之像，無論屬人屬物，足以吸引人心者，必爲這種愛；而優美豔麗的光景則始在「歡喜」的閾中。至於戀愛，以人格的吸引爲骨子，有極強的占有性，又與二者不同。

Y君以人與物平分戀愛與歡喜，以爲「喜」僅屬物，「愛」乃屬人；若對人言「喜」，便是蔑視他的人格了。現在有許多人也以爲將女人比花，比鳥，比羔羊，便是侮辱女人；讚頌女人的體態，也是侮辱女人。所以者何？便是蔑視她們的人格了！但我覺得我們若不能將「體態的美」排斥於人格之外，我們便要慢慢的說這句話！而美若是一種價值，人格若是建築於價值的基石上，我們又何能排斥那「體態的美」呢？所以我以爲只須將女人的藝術的一面作爲藝術而鑒賞它，與鑒賞其他優美的自然一樣；藝術與自然是「非人格」的，當然便說不上「蔑視」與否。在這樣的立場上，將人比物，歡喜讚嘆，自與因襲的玩弄的態度相差十萬八千里，當可告無罪於天下。——只有將女人看作「玩物」，才真是蔑視呢；即使是在所謂的「戀愛」之中。藝術的女人，是的，藝術的女人！我們要用驚異的眼去看她，那是一種奇蹟！

我之看女人，十六年於茲了，我發見了一件事，就是將女人作爲藝術而鑒賞時，切不可使她知道；無論是生疏的，是較熟悉的。因爲這要引起她性的自衛的羞恥心或他種嫌惡心，她的藝術味便要變稀薄了；而我們因她的羞恥或嫌惡而關心，也就不能靜觀自得了。所以我們只好秘密地鑒賞；藝術原來是秘密的呀，自然的創作原來是秘密的呀。但是我所歡喜的藝術的女人，究竟是怎樣的呢？您得問了。讓我告訴您：我見過西洋女人，日本女人，江南江北兩個女人，城內的女人，名聞浙東西的女人；但我的眼光究竟太狹了，我只見過不到半打的藝術的女人！而且其中只有一個西洋人，沒有一個日本人！那西洋的處女是在Y城裏一條僻巷的拐角上遇著的，驚鴻一瞥似地便過去了。其餘有兩個是在兩次火車裏遇著的，一個看了半天，一個看了兩天；還有一個是在鄉村裏遇著的，足足看了三個月。——我以爲藝術的女人第一是有她的溫柔的空氣；使人如聽著簫管的悠揚，如嗅著玫瑰花的芬芳，如躺著在天鵝絨的厚毯上。她是如水的密，如煙的輕，籠罩著我們；我們怎能不歡喜讚嘆呢？這是由她的動作而來的；她的一舉步，一伸腰，一掠鬢，一轉眼，一低頭，乃至衣袂的微揚，裙幅的輕舞，都如蜜的流，風的微漾；我們怎能不歡喜讚嘆呢？最可愛的是那軟軟的腰兒；從前人說臨風的垂柳，《紅樓夢》裏說晴雯的「水蛇腰兒」，都是說腰肢的細軟的；但我所歡喜的腰呀，簡直和蘇州的牛皮糖一樣，使我滿舌頭的甜，滿牙齒的軟呀。腰是這般軟了，手足自也有飄逸不凡之概。你瞧她的足脛多麼豐滿呢！從膝關節以下，漸漸的隆起，像新蒸的麵包一樣；後來又漸漸漸漸地緩下去了。這足脛上正罩著絲襪，淡青的？或者白的？拉得緊緊的，一些兒縐紋沒有，更將那豐滿的曲線顯得豐滿了；而那閃閃的鮮嫩的光，簡直可以照出人的影子。你再往上瞧，她的兩肩又多麼亭勻呢！像雙生的小羊似的，又像兩座玉峰似的；正是秋山那般瘦，秋水那般平呀。肩以上，便到了一般人謳歌頌讚所集的「面目」了。

我最不能忘記的，是她那雙鴿子般的眼睛，伶俐到像要立刻和人說話。在惺忪微倦的時候，尤其可喜，因爲正像一對睡了的褐色小鴿子。和那潤澤而微紅的雙頰，蘋果般照耀著的，恰如曙色之與夕陽，巧妙的相映襯著。再加上那覆額的，稠密而蓬鬆的髮，像天空的亂雲一般，點綴得更有情趣了。而她那甜蜜的微笑也是可愛的東西；微笑是半開的花朵，裏面流溢著詩與畫與無聲的音樂。是的，我說的已多了；我不必將我所見的，一個人一個人分別說給你，我只將她們融合成一個Sketch

給你看——這就是我的驚異的型，就是我所謂藝術的女子的型。但我的眼光究竟太狹了！我的眼光究竟太狹了！

在女人的聚會裏，有時也有一種溫柔的空氣；但只是籠統的空氣，沒有詳細的節目。所以這是要由遠觀而鑒賞的，與個別的看法不同；若近觀時，那籠統的空氣也許會消失了的。說起這藝術的「女人的聚會」，我卻想著數年前的事了，雲煙一般，好惹人悵惘的。在P城一個禮拜日的早晨，我到一所宏大的教堂裏去做禮拜；聽說那邊女人多，我是禮拜女人去的。那教堂是男女分坐的。我去的時候，女座還空著，似乎頗遙遙的；我的遐想便去充滿了每個空座裏。忽然眼睛有些花了，在薄薄的香澤當中，一群白上衣，黑背心，黑裙子的女人，默默的，遠遠的走進來了。我現在不曾看見上帝，卻看見了帶著翼子的這些安琪兒了！另一回在傍晚的湖上，暮靄四合的時候，一隻插著小紅花的遊艇裏，坐著八九個雪白雪白的白衣的姑娘；湖風舞弄著她們的衣裳，便成一片渾然的白。我想她們是湖之女神，以遊戲三昧，暫現色相於人間的呢！第三回在湖中的一座橋上，淡月微雲之下，倚著十來個，也是姑娘，朦朦朧朧的與月一齊白著。在抖蕩的歌喉裏，我又遇著月姊兒的化身了！——這些是我所發見的又一型。

是的，藝術的女人，那是一種奇蹟！

白種人——上帝的驕子！

去年暑假到上海，在一路電車的頭等裏，見一個大西洋人帶著一個小西洋人，相並地坐著。我不能確說他倆是英國人或美國人；我只猜他們是父與子。那小西洋人，那白種的孩子，不過十一二歲光景，看去是個可愛的小孩，引我久長的注意。他戴著平頂硬草帽，帽檐下端正地露著長圓的小臉。白中透紅的面頰，眼睛上有著金黃的長睫毛，顯出和平與秀美。

我向來有種癖氣：見了有趣的小孩，總想和他親熱，做好同伴；若不能親熱，便隨時親近親近也好。在高等小學時，附設的初等裏，有一個養著烏黑的西髮的劉君，真是依人的小鳥一般；牽著他的手問他的話時，他只靜靜地微仰著頭，小聲兒回答——我不常看見他的笑容，他的臉老是那麼幽靜和真誠，皮下卻燒著親熱的火把。我屢次讓他到我家來，他總不肯；後來兩年不見，他便死了。我不能忘記他！我牽過他的小手，又摸過他的圓下巴。但若遇著驀生的小孩，我自然不能這麼做，那可有些窘了；不過也不要緊，我可用我的眼睛看他——一回，兩回，十回，幾十回！孩子大概不很注意人的眼睛，所以盡可自由地看，和看女人要遮遮掩掩的不同。我凝視過許多初會面的孩子，他們都不曾向我抗議；至多拉著同在的母親的手，或倚著她的膝頭，將眼看她兩看罷了。所以我膽子很大。這回在電車裏又發了老癖氣，我兩次三番地看那白種的孩子，小西洋人！

初時他不注意或者不理會我，讓我自由地看他。但看了不幾回，那父親站起來了，兒子也站起來了，他們將到站了。這時意外的事來了。那小西洋人本坐在我的對面；走近我時，突然將臉盡力地伸過來了，兩隻藍眼睛大大地睜著，那好看的睫毛已看不見了；兩頰的紅也已褪了不少了。和平，秀美的臉一變而為粗俗，兇惡的臉了！他的眼睛裏有話：「咄！黃種人，黃種的支那人，你——你看吧！你配看我！」他已失了天真的稚氣，臉上滿布著橫秋的老氣了！我因此寧願稱他為「小西洋人」。他伸著臉向我足有兩秒鐘；電車停了，這才勝利地掉過頭，牽著那大西洋人的手走了。大西洋人比兒子似乎要高出一半；這時正注目窗外，不曾看見下面的事。兒子也不去告訴他，只獨斷獨行地伸他的臉；伸了臉之後，便又若無其事的，始終不發一言——在沉默中得著勝利，凱旋而去。不用說，這在我自然是一種襲擊，「出其不意，攻其不備」的襲擊！

這突然的襲擊使我張惶失措；我的心空虛了，四面的壓迫很嚴重，使我呼吸不能自由。我曾在N城的一座橋上，遇見一個女人；我偶然地看她時，她卻垂下了長長的黑睫毛，露出老練和鄙夷的神色。那時我也感著壓迫和空虛，但比起這一次，就稀薄多了：我在那小西洋人兩顆槍彈似的眼光之下，茫然地覺著有被吞食的危險，於是身子不知不覺地縮小——大有在奇境中的阿麗思的勁兒！我木木然目送那父與子下了電車，在馬路上開步走；那小西洋人竟未一回頭，斷然地去了。我這時有了迫切的國家之感！我做著黃種的中國人，而現在還是白種人的世界，他們的驕傲與踐踏當然會來的；我所以張惶失措而覺著恐怖者，因為那驕傲我的，踐踏我的，不是別人，只是一個十來歲的「白種的」孩子，竟是一個十來歲的白種的「孩子」！

我向來總覺得孩子應該是世界的，不應該是一種，一國，一鄉，一家的。我因此不能容忍中國的孩子叫西洋人為「洋鬼子」。但這個十來歲的白種的孩子，竟已被擲入人種與國家的兩種定型裏了。他已懂得憑著人種的優勢和國家的強力，伸著臉襲擊我了。這一次襲擊實是許多次襲擊的小影，他的臉上便縮印著一部中國的外交史。他之來上海，或無多日，或已長久，耳濡目染，他的父親，親長，先生，父執，乃至同國，同種，都以驕傲踐踏對付中國人；而他的讀物也推波助瀾，將中國編排得一無是處，以長他自己的威風。所以他向我伸臉，決非偶然而已。

這是襲擊，也是侮蔑，大大的侮蔑！我因了自尊，一面感著空虛，一面卻又感著憤怒；於是有了迫切的國家之念。我要詛咒這小小的人！但我立刻恐怖起來了：這到底只是十來歲的孩子呢，卻已被傳統所埋葬；我們所日夜想望著的「赤子之心」，世界之世界（**非某種人的世界，更非某國人的世界！**），眼見得在正來的一代，還是毫無信息的！這是你的損失，我的損失，他的損失，世界的損失；雖然是怎樣渺小的一個孩子！但這孩子卻也有可敬的地方：他的從容，他的沉默，他的獨斷獨行，他的一去不回頭，都是力的表現，都是強者適者的表現。決不婆婆媽媽的，決不黏黏搭搭的，一針見血，一刀兩斷，這正是白種人之所以為白種人。

我真是一個矛盾的人。無論如何，我們最要緊的還是看看自己，看看自己的孩子！誰也是上帝之驕子；這和昔日的王侯將相一樣，是沒有種的！

背影

我與父親不相見已二年餘了，我最不能忘記的是他的背影。那年冬天，祖母死了，父親的差使也交卸了，正是禍不單行的日子，我從北京到徐州，打算跟著父親奔喪回家。到徐州見著父親，看見滿院狼藉的東西，又想起祖母，不禁簌簌地流下眼淚。父親說，「事已如此，不必難過，好在天無絕人之路！」

回家變賣典質，父親還了虧空；又借錢辦了喪事。這些日子，家中光景很是慘澹，一半為了喪事，一半為了父親賦閒。喪事完畢，父親要到南京謀事，我也要回北京念書，我們便同行。

到南京時，有朋友約去遊逛，勾留了一日；第二日上午便須渡江到浦口，下午上車北去。父親因為事忙，本已說定不送我，叫旅館裏一個熟識的茶房陪我同去。他再三囑咐茶房，甚是仔細。但他終於不放心，怕茶房不妥帖；頗躊躇了一會。其實我那年已二十歲，北京已來往過兩三次，是沒有甚麼要緊的了。他躊躇了一會，終於決定還是自己送我去。我兩三回勸他不必去；他只說，「不要緊，他們去不好！」

我們過了江，進了車站。我買票，他忙著照看行李。行李太多了，得向腳夫行些小費，才可過去。他便又忙著和他們講價錢。我那時真是聰明過分，總覺他說話不大漂亮，非自己插嘴不可。但他終於講定了價錢；就送我上車。他給我揀定了靠車門的一張椅子；我將他給我做的紫毛大衣鋪好坐位。他囑我路上小心，夜裏警醒些，不要受涼。又囑託茶房好好照應我。我心裏暗笑他的迂；他們只認得錢，托他們直是白托！而且我這樣大年紀的人，難道還不能料理自己麼？唉，我現在想想，那時真是太聰明了！

我說道，「爸爸，你走吧。」他望車外看了看，說，「我買幾個橘子去。你就在此地，不要走動。」我看那邊月臺的柵欄外有幾個賣東西的等著顧客。走到那邊月臺，須穿過鐵道，須跳下去又爬上去。父親是一個胖子，走過去自然要費事些。我本來要去的，他不肯，只好讓他去。我看見他戴著黑布小帽，穿著黑布大馬褂，深青布棉袍，蹣跚地走到鐵道邊，慢慢探身下去，尚不大難。可是他穿過鐵道，要爬上那邊月臺，就不容易了。他用兩手攀著上面，兩腳再向上縮；他肥胖的身子向左微傾，顯出努力的樣子。這時我看見他的背影，我的淚很快地流下來了。我趕緊拭乾了淚，怕他看見，也怕別人看見。我再向外看時，他已抱了朱紅的橘子往回走了。過鐵道時，他先將橘子散放在地上，自己慢慢爬下，再抱起橘子走。到這邊時，我趕緊去攙他。他和我走到車上，將橘子一股腦兒放在我的皮大衣上。於是撲撲衣上的泥土，心裏很輕鬆似的，過一會說，「我走了；到那邊來信！」我望著他走出去。他走了幾步，回過頭看見我，說，「進去吧，裏邊沒人。」等他的背影混入來來往往的人裏，再找不著了，我便進來坐下，我的眼淚又來了。

近幾年來，父親和我都是東奔西走，家中光景是一日不如一日。他少年出外謀生，獨力支持，做了許多大事。哪知老境卻如此頹唐！他觸目傷懷，自然情不能自已。情郁於中，自然要發之於外；家庭瑣屑便往往觸他之怒。他待我漸漸不同往日。但最近兩年的不見，他終於忘卻我的不好，只是惦記著我，惦記著我的兒子。我北來後，他寫了一信給我，信中說道，「我身體平安，惟膀子疼痛利害，舉箸提筆，諸多不便，大約大去之期不遠矣。」我讀到此處，在晶瑩的淚光中，又看見那肥胖的，青布棉袍，黑布馬褂的背影。唉！我不知何時再能與他相見！

阿河

我這一回寒假，因爲養病，住到一家親戚的別墅裏去。那別墅是在鄉下。前面偏左的地方，是一片淡藍的湖水，對岸環擁著不盡的青山。山的影子倒映在水裏，越顯得清清朗朗的。水面常如鏡子一般。風起時，微有皺痕；像少女們皺她們的眉頭，過一會子就好了。湖的餘勢束成一條小港，緩緩地不聲不響地流過別墅的門前。門前有一條小石橋，橋那邊盡是田畝。這邊沿岸一帶，相間地栽著桃樹和柳樹，春來當有一番熱鬧的夢。別墅外面繚繞著短短的竹籬，籬外是小小的路。裏邊一座向南的樓，背後便倚著山。西邊是三間平屋，我便住在這裏。院子裏有兩塊草地，上面隨便放著兩三塊石頭。另外的隙地上，或羅列著盆栽，或種蒔著花草。籬邊還有幾株枝幹蟠曲的大樹，有一株幾乎要伸到水裏去了。

我的親戚韋君只有夫婦二人和一個女兒。她在外邊念書，這時也剛回到家裏。她邀來三位同學，同到她家過這個寒假；兩位是親戚，一位是朋友。她們住著樓上的兩間屋子。韋君夫婦也住在樓上。樓下正中是客廳，常是閒著，西間是吃飯的地方；東間便是韋君的書房，我們談天，喝茶，看報，都在這裏。我吃了飯，便是一個人，也要到這裏來閒坐一回。我來的第二天，韋小姐告訴我，她母親要給她們找一個好好的女佣人；長工阿齊說有一個表妹，母親叫他明天就帶來做做看呢。她似乎很高興的樣子，我只是不經意地答應。

平屋與樓屋之間，是一個小小的廚房。我住的是東面的屋子，從窗子裏可以看見廚房裏人的來往。這一天午飯前，我偶然向外看看，見一個面生的女佣人，兩手提著兩把白鐵壺，正望廚房裏走；韋家的李媽在她前面領著，不知在和她說甚麼話。她的頭髮亂蓬蓬的，像冬天的枯草一樣。身上穿著鑲邊的黑布棉襖和夾褲，黑裏已泛出黃色；棉襖長與膝齊，夾褲也直拖到腳背上。腳倒是雙天足，穿著尖頭的黑布鞋，後跟還帶著兩片同色的「葉拔兒」。想這就是阿齊帶來的女佣人了；想完了就坐下看書。晚飯後，韋小姐告訴我，女佣人來了，她的名字叫「阿河」。我說，「名字很好，只是人土些；還能做麼？」她說，「別看她土，很聰明呢。」我說，「哦。」便接著看手中的報了。

以後每天早上，中上，晚上，我常常看見阿河挈著水壺來往；她的眼似乎總是望前看的。兩個禮拜匆匆地過去了。韋小姐忽然和我說，你別看阿河土，她的志氣很好，她是個可憐的人。我和娘說，把我前年在家穿的那身棉襖褲給了她吧。我嫌那兩件衣服太花，給了她正好。娘先不肯，說她來了沒有幾天；後來也肯了。今天拿出來讓她穿，正合式呢。我們教給她打絨繩鞋，她真聰明，一學就會了。她說拿到工錢，也要打一雙穿呢。我等幾天再和娘說去。

「她這樣愛好！怪不得頭髮光得多了，原來都是你們教她的。好！你們盡教她講究，她將來怕不願回家去呢。」大家都笑了。

舊新年是過去了。因爲江浙的兵事，我們的學校一時還不能開學。我們大家都樂得在別墅裏多住些日子。這時阿河如換了一個人。她穿著寶藍色挑著小花兒的布棉襖褲；腳下是嫩藍色毛繩鞋，鞋口還綴著兩個半藍半白的小絨球兒。我想這一定是她的小姐們給幫忙的。古語說得好，「人要衣裳馬要鞍」，阿河這一打扮，真有些楚楚可憐了。她的頭髮早已是刷得光光的，覆額的留海也梳得十分伏貼。一張小小的圓臉，如正開的桃李花；臉上並沒有笑，卻隱隱地含著春日的光輝，像花房裏充了蜜一般。這在我幾乎是一個奇蹟；我現在是常站在窗前看她了。我覺得在深山裏發見了一粒貓兒眼；這樣精純的貓兒眼，是我生平所僅見！我覺得我們相識已太長久，極願和她說一句話——極平淡的話，一句也好。但我怎好平白地和她攀談呢？這樣鬱鬱了一禮拜。

這是元宵節的前一晚上。我吃了飯，在屋裏坐了一會，覺得有些無聊，便信步走到那書房裏。拿起報來，想再細看一回。忽然門鈕一響，阿河進來了。她手裏拿著三四枝顏色鉛筆；出乎意料地走近了我。她站在我面前了，靜靜地微笑著說：「白先生，你知道鉛筆刨在哪裡？」一面將拿著的鉛筆給我看。我不自主地立起來，匆忙地應道，「在這裏。」我用手指著南邊柱子。但我立刻覺得這是不夠的。我領她走近了柱子。這時我像閃電似地躊躇了一下，便說，「我……我……」她一聲不響地已將一枝鉛筆交給我。我放進鉋子裏刨給她看。刨了兩下，便想交給她；但終於刨完了一枝，交還了她。她接了筆略看一看，仍仰著臉向我。我窘極了。剎那間念頭轉了好幾個圈子；到底硬著頭皮搭訕著說，「就這樣刨好了。」我趕緊向門外一瞥，就走回原處看報去。但我的頭剛低下，我的眼已抬起來了。於是遠遠地從容地問道，「你會麼？」她不曾掉過頭來，只「嚶」了一聲，也不說話。我看了她背影一會，覺得應該低下頭了。等我再抬起頭來時，她已默默地向外走了。她似乎總是望前看的；我想再問她一句話，但終於不曾出口。我擱下了報，站起來走了一會，便回到自己屋裏。我一直想著些什麼，但什麼也沒有想出。

第二天早上看見她往廚房裏走時，我發願我的眼將老跟著她的影子！她的影子真好。她那幾步路走得又敏捷，又勻稱，又苗條，正如一隻可愛的小貓。她兩手各提著一只水壺，又令我想到在一條細細的索兒上抖擻精神走著的女子。這全由於她的腰；她的腰真太軟了，用白水的話說，真是軟到使我如吃蘇州的牛皮糖一樣。不止她的腰，我的日記裏說得好：「她有一套和雲霞比美，水月爭靈的曲線，織成大大的一張迷惑的網！」而那兩頰的曲線，尤其甜蜜可人。她兩頰是白中透著微紅，潤澤如玉。她的皮膚，嫩得可以掐出水來；我的日記裏說，「我很想去掐她一下呀！」她的眼像一雙小燕子，老是在灩灩的春水上打著圈兒。她的笑最使我記住，像一朵花漂浮在我的腦海裏。我不是說過，她的小圓臉像正開的桃花麼？那麼，她微笑的時候，便是盛開的時候了：花房裏充滿了蜜，真如要流出來的樣子。她的髮不甚厚，但黑而有光，柔軟而滑，如純絲一般。只可惜我不曾聞著一些兒香。唉！從前我在窗前看她好多次，所得的真太少了；若不是昨晚一見，——雖只幾分鐘——我真太對不起這樣一個人兒了。

午飯後，韋君照例地睡午覺去了，只有我，韋小姐和其他三位小姐在書房裏。我有意無意地談起阿河的事。我說：

「你們怎知道她的志氣好呢？」

「那天我們教給她打絨繩鞋；」一位蔡小姐便答道，「看她很聰明，就問她爲甚麼不念書？她被我們一問，就傷心起來了。……」

「是的，」韋小姐笑著搶了說，「後來還哭了呢；還有一位傻子陪她淌眼淚呢。」

那邊黃小姐可急了，走過來推了她一下。蔡小姐忙攔住道，「人家說正經話，你們盡鬧著玩兒！讓我說完了呀——」

「我代你說啵，」韋小姐仍搶著說，「——她說她只有一個爹，沒有娘。嫁了一個男人，倒有三十多歲，土頭土腦的，臉上滿是皰！他是李媽的鄰舍，我還看見過呢。……」

「好了，底下我說吧。」蔡小姐接著道，「她男人又不要好，盡愛賭錢；她一氣，就住到娘家來，有一年多不回去了。」

「她今年幾歲？」我問。

「十七不知十八？前年出嫁的，幾個月就回家了，」蔡小姐說。

「不，十八，我知道，」韋小姐改正道。

「哦。你們可曾勸她離婚？」

「怎麼不勸；」韋小姐應道，「她說十八回去吃她表哥的喜酒，要和她的爹去說呢。」

「你們教她的好事，該當何罪！」我笑了。

她們也都笑了。

十九的早上，我正在屋裏看書，聽見外面有嚷嚷的聲音；這是從來沒有的。我立刻走出來看；只見門外有兩個鄉下人要走進來，卻給阿齊攔住。他們只是央告，阿齊只是不肯。這時韋君已走出院中，向他們道，

「你們回去吧。人在我這裏，不要緊的。快回去，不要瞎吵！」

兩個人面面相覷，說不出一句話；俄延了一會，只好走了。我問韋君什麼事？他說，

「阿河囉！還不是瞎吵一回子。」

我想他於男女的事向來是懶得說的，還是回頭問他小姐的好；我們便談到別的事情上去。

吃了飯，我趕緊問韋小姐，她說，

「她是告訴娘的，你問娘去。」

我想這件事有些尷尬，便到西間裏問韋太太；她正看著李媽收拾碗碟呢。她見我問，便笑著說，

「你要問這些事做什麼？她昨天回去，原是借了阿桂的衣裳穿了去的，打扮得嬌滴滴的，也難怪，被她男人看見了，便約了些不相干的人，將她搶回去過了一夜。今天早上，她騙她男人，說要到此地來拿行李。她男人就會信她，派了兩個人跟著。哪知她到了這裏，便叫阿齊攔著那跟來的人；她自己便跪在我面前哭訴，說死也不願回她男人家去。你說我有什麼法子，只好讓那跟來的人

先回去再說。好在沒有幾天，她們要上學了，我將來交給她的爹吧。唉，現在的人，心眼兒真是越過越大了；一個鄉下女人，也會鬧出這樣驚天動地的事了！」

「可不是，」李媽在旁插嘴道，「太太你不知道；我家三叔前兒來，我還聽他說呢。我本不該說的，阿彌陀佛！太太，你想她不願意回婆家，老願意住在娘家，是什麼道理？家裏只有一個單身的老子；你想那該死的老畜生！他捨不得放她回去呀！」

「低些，真的麼？」韋太太驚詫地問。

「他們說得千真萬確的。我早就想告訴太太了，總有些疑心；今天看她的樣子，真有幾分對呢。太太，你想現在還成什麼世界！」

「這該不至於吧。」我淡淡地插了一句。

「少爺，你哪裏知道！」韋太太嘆了一口氣，「——好在沒有幾天了，讓她快些走吧；別將我們的運氣帶壞了。她的事，我們以後也別談吧。」

開學的通告來了，我定在二十八走。二十六的晚上，阿河忽然不到廚房裏挈水了。韋小姐跑來低低地告訴我，「娘叫阿齊將阿河送回去了；我在樓上，都不知道呢。」我應了一聲，一句話也沒有說。正如每日有三頓飽飯吃的人，忽然絕了糧；卻又不能告訴一個人！而且我覺得她的前面是黑洞洞的，此去不定有什麼好歹！那一夜我是沒有好好地睡，只翻來覆去地做夢，醒來卻又一例茫然。這樣昏昏沉沉地到了二十八早上，懶懶地向韋君夫婦和韋小姐告別而行，韋君夫婦堅約春假再來住，我只得含糊答應著。出門時，我很想回望廚房幾眼；但許多人都站在門口送我，我怎好回頭呢？

到校一打聽，老友陸已來了。我不及料理行李，便找著他，將阿河的事一五一十告訴他。他本是個好事的人；聽我說時，時而皺眉，時而嘆氣，時而擦掌。聽到她只十八歲時，他突然將舌頭一伸，跳起來道，

「可惜我早有了我那太太！要不然，我準得想法子娶她！」

「你娶她就好了；現在不知鹿死誰手呢？」

我倆默默相對了一會，陸忽然拍著桌子道，

「有了，老汪不是去年失了戀麼？他現在還沒有主兒，何不給他倆撮合一下。」

我正要答說，他已出去了。過了一會子，他和汪來了，進門就嚷著說，

「我和他說，他不信；要問你呢！」

「事是有的，人呢，也真不錯。只是人家的事，我們憑什麼去管！」我說。

「想法子呀！」陸嚷著。

「什麼法子？你說！」

「好，你們盡和我開玩笑，我才不理會你們呢！」汪笑了。

我們幾乎每天都要談到阿河，但誰也不曾認真去「想法子」。

一轉眼已到了春假。我再到韋君別墅的時候，水是綠綠的，桃腮柳眼，著意引人。我卻只惦著阿河，不知她怎麼樣了。那時韋小姐已回來兩天。我背地裏問她，她說，

「奇得很！阿齊告訴我，說她二月間來求娘來了。她說她男人已死了心，不想她回去；只不肯白白地放掉她。他教她的爹拿出八十塊錢來，人就是她的爹的了；他自己也好另娶一房人。可是阿河說她的爹哪有這些錢？她求娘可憐可憐她！娘的脾氣你知道。她是個古板的人；她數說了阿河一頓，一個錢也不給！我現在和阿齊說，讓他上鎮去時，帶個信兒給她，我可以給她五塊錢。我想你也可以幫她些，我教阿齊一塊兒告訴她吧。只可惜她未必肯再上我們這兒來囉！」

「我拿十塊錢吧，你告訴阿齊就是。」

我看阿齊空閒了，便又去問阿河的事。他說，

「她的爹正給她東找西找地找主兒呢。只怕難吧，八十塊大洋呢！」

我忽然覺得不自在起來，不願再問下去。

過了兩天，阿齊從鎮上回來，說，

「今天見著阿河了。娘的，齊整起來了。穿起了裙子，做老闆娘娘了！據說是自己揀中的；這種年頭！」

我立刻覺得，這一來全完了！只怔怔地看著阿齊，似乎想在他臉上找出阿河的影子。咳，我說什麼好呢？願命運之神長遠庇護著她吧！

第二天我便托故離開了那別墅；我不願再見那湖光山色，更不願再見那間小小的廚房！

哀韋傑三君

韋傑三君是一個可愛的人；我第一回見他面時就這樣想。這一天我正坐在房裏，忽然有敲門的聲音；進來的是一位溫雅的少年。我問他「貴姓」的時候，他將他的姓名寫在紙上給我看；說是蘇甲榮先生介紹他來的。蘇先生是我的同學，他的同鄉，他說前一晚已來找過我了，我不在家；所以這回又特地來的。我們閒談了一會，他說怕耽誤我的時間，就告辭走了。是的，我們只談了一會兒，而且並沒有什麼重要的話；——我現在已全忘記——但我覺得已懂得他了，我相信他是一個可愛的人。

第二回來訪，是在幾天之後。那時新生甄別試驗剛完，他的國文課是被分在錢子泉先生的班上。他來和我說，要轉到我的班上。我和他說，錢先生的學問，是我素來佩服的；在他班上比在我班上一定好。而且已定的局面，因一個人而變動，也不大方便。他應了幾聲，也沒有什麼，就走了。從此他就不曾到我這裏來。有一回，在三院第一排屋的後門口遇見他，他微笑著向我點頭；他本是捧了書及墨水匣去上課的，這時卻站住了向我說：「常想到先生那裏，只是功課太忙了，總想去的。」我說：「你閒時可以到我這裏談談。」我們就點首作別。三院離我住的古月堂似乎很遠，有時想起來，幾乎和前門一樣。所以半年以來，我只在上課前，下課後幾分鐘裏，偶然遇著他三四次；除上述一次外，都只匆匆地點頭走過，不曾說一句話。但我常是這樣想：他是一個可愛的人。

他的同鄉蘇先生，我還是來京時見過一回，半年來不曾再見。我不曾能和他談韋君；我也不曾和別人談韋君，除了錢子泉先生。錢先生有一日告訴我，說韋君總想轉到我班上；錢先生又說：「他知道不能轉時，也很安心的用功了，筆記做得很詳細的。」我說，自然還是在錢先生班上好。以後這件事還談起一兩次。直到三月十九日早，有人誤報了韋君的死信；錢先生站在我屋外的臺階上惋惜地說：「他寒假中來和我談。我因他常是憂鬱的樣子，便問他爲何這樣；是爲了我麼？他說：『不是，你先生很好的；我是因家境不寬，老是愁煩著。』他說他家裏還有一個年老的父親和未成年的弟弟；他說他弟弟因爲家中無錢，已失學了。他又說他歷年在外讀書的錢，一小半是自己休了學去做教員弄來的，一大半是向人告貸來的。他又說，下半年的學費還沒有著落呢。」但他卻不願平白地受人家的錢；我們只看他給大學部學生會起草的請改獎金制爲借貸制與工讀制的信，便知道他年紀雖輕，做人卻有骨氣的。

我最後見他，是在三月十八日早上，天安門下電車時。也照平常一樣，微笑著向我點頭。他的微笑顯示他純潔的心，告訴人，他願意親近一切；我是不會忘記的。還有他的靜默，我也不會忘記。據陳雲豹先生的《行述》，韋君很能說話；但這半年來，我們聽見的，卻只有他的靜默而已。他的靜默裏含有憂鬱，悲苦，堅忍，溫雅等等，是最足以引人深長之思和切至之情的。他病中，據陳雲豹君在本校追悼會裏報告，雖也有一時期，很是躁急，但他終於在離開我們之前，寫了那樣平靜的兩句話給校長；他那兩句話包蘊著無窮的悲哀，這是靜默的悲哀！所以我現在又想，他畢竟是一個可愛的人。

三月十八日晚上，我知道他已危險；第二天早上，聽見他死了，嘆息而已！但走去看學生會的布告時，知他還在人世，覺得被鼓勵似的，忙著將這消息告訴別人。有不信的，我立刻舉出學生會布告為證。我二十日進城，到協和醫院想去看看他；但不知道醫院的規則，去遲了一點鐘，不得進去。我很悵惘地在門外徘徊了一會，試問門役道：「你知道清華學校有一個韋傑三，死了沒有？」他的回答，我原也知道的，是「不知道」三字！那天傍晚回來；二十一日早上，便得著他死的信息——這回他真死了！他死在二十一日上午一時四十八分，就是二十日的夜裏，我二十日若早去一點鐘，還可見他一面呢。這真是十分遺憾的！二十三日同人及同學入城迎靈，我在城裏十二點才見報，已趕不及了。下午回來，在校門外看見槓房裏的人，知道柩已來了。我到古月堂一問，知道柩安放在舊禮堂裏。我去的時候，正在重殮，韋君已穿好了殮衣在照相了。據說還光著身子照了一張相，是照傷口的。我沒有看見他的傷口；但是這種情景，不看見也罷了。照相畢，入殮，我走到柩旁：韋君的臉已變了樣子，我幾乎不認識了！他的兩顴突出，頰肉癟下，掀唇露齒，哪裏還像我初見時的溫雅呢？這必是他幾日間的痛苦所致的。唉，我們可以想見了！我正在亂想，棺蓋已經蓋上；唉，韋君，這真是最後一面了！我們從此真無再見之期了！死生之理，我不能懂得，但不能再見是事實，韋君，我們失掉了你，更將從何處覓你呢？

韋君現在一個人睡在剛秉廟的一間破屋裏，等著他迢迢千里的老父，天氣又這樣壞；韋君，你的魂也彷徨著吧！

飄零

一個秋夜，我和P坐在他的小書房裏，在暈黃的電燈光下，談到W的小說。

「他還在河南吧？C大學那邊很好吧？」我隨便問著。

「不，他上美國去了。」

「美國？做什麼去？」

「你覺得很奇怪吧？——波定謨約翰郝勃金醫院打電報約他做助手去。」

「哦！就是他研究心理學的地方！他在那邊成績總很好？——這回去他很願意吧？」

「不見得願意。他動身前到北京來過，我請他在啓新吃飯；他很不高興的樣子。」

「這又爲什麼呢？」

「他覺得中國沒有他做事的地方。」

「他回來才一年呢。C大學那邊沒有錢吧？」

「不但沒有錢，他們說他是瘋子！」

「瘋子！」

我們默然相對，暫時無話可說。

我想起第一回認識W的名字，是在《新生》雜誌上。那時我在P大學讀書，W也在那裏。我在

《新生》上看見的是他的小說；但一個朋友告訴我，他心理學的書讀得真多；P大學圖書館裏所有的，他都讀了。文學書他也讀得不少。他說他是無一刻不讀書的。我第一次見他的面，是在P大學宿舍的走道上；他正和朋友走著。有人告訴我，這就是W了。微曲的背，小而黑的臉，長頭髮和近視眼，這就是W了。以後我常常看他的文字，記起他這樣一個人。有一回我拿一篇心理學的譯文，托一個朋友請他看看。他逐一給我改正了好幾十條，不曾放鬆一個字。永遠的慚愧和感謝留在我心裏。

我又想到杭州那一晚上。他突然來看我了。他說和P遊了三日，明早就要到上海去。他原是山東人；這回來上海，是要上美國去的。我問起哥倫比亞大學的《心理學，哲學，與科學方法》雜誌，我知道那是有名的雜誌。但他說裏面往往一年沒有一篇好文章，沒有什麼意思。他說近來各心理學家在英國開了一個會，有幾個人的話有味。他又用鉛筆隨便的在桌上一本簿子的後面，寫了《哲學的科學》一個書名與其出版處，說是新書，可以看看。他說要走了。我送他到旅館裏。見他床上攤著一本《人生與地理》，隨便拿過來翻著。他說這本小書很著名，很好的。我們在暈黃的電燈光下，默然相對了一會，又問答了幾句簡單的話；我就走了。直到現在，還不曾見過他。

他到美國去後，初時還寫了些文字，後來就沒有了。他的名字，在一般人心裏，已如遠處的雲煙了。我倒還記著他。兩三年以後，才又在《文學日報》上見到他一篇詩，是寫一種情趣的。我只念過他這一篇詩。他的小說我卻念過不少；最使我不能忘記的是那篇《雨夜》，是寫北京人力車夫的生活的。Ｗ是學科學的人，應該很冷靜，但他的小說卻又很熱很熱的。這就是Ｗ了。

Ｐ也上美國去，但不久就回來了。他在波定謨住了些日子，Ｗ是常常見著的。他回國後，有一個熱天，和我在南京清涼山上談起Ｗ的事。他說Ｗ在研究行爲派的心理學。他幾乎終日在實驗室裏；他解剖過許多老鼠，研究牠們的行爲。Ｐ說自己本來也願意學心理學的；但看了老鼠臨終的顫動，他執刀的手便戰戰的放不下去了。因此只好改行。而Ｗ是「奏刀騞然」，「躊躇滿志」，Ｐ覺得那是不可及的。Ｐ又說Ｗ研究動物行爲既久，看明牠們所有的生活，只是那幾種生理的欲望，如食欲，性欲，所玩的把戲，毫無什麼大道理存乎其間。因而推想人的生活，也未必別有何種高貴的動機；我們第一要承認我們是動物，這便是真人。Ｗ的確是如此做人的。Ｐ說他也相信Ｗ的話；真的，Ｐ回國後的態度是大大的不同了。Ｗ只管做他自己的人，卻得著Ｐ這樣一個信徒，他自己也未必料得著的。

Ｐ又告訴我Ｗ戀愛的故事。是的，戀愛的故事！Ｐ說這是一個日本人，和Ｗ一同研究的，但後來走了，這件事也就完了。Ｐ說得如此冷淡，毫不像我們所想的戀愛的故事！Ｐ又曾指出《來日》上Ｗ的一篇《月光》給我看。這是一篇小說，敘述一對男女趁著月光在河邊一隻空船裏密談。那女的是個有夫之婦。這時四無人跡，他倆談得親熱極了。但Ｐ說Ｗ的膽子太小了，所以這一回密談之後，便撒了手。這篇文字是Ｗ自己寫的，雖沒有如火如荼的熱鬧，但卻別有一種意思。科學與文學，科學與戀愛，這就是Ｗ了。

「『瘋子』！」我這時忽然似乎徹悟了說，「也許是的吧？我想。一個人冷而又熱，是會變瘋子的。」

「唔。」P點頭。

「他其實大可以不必管什麼中國不中國了；偏偏又戀戀不捨的！」

「是囉。W這回真不高興。K在美國借了他的錢。這回他到北京，特地老遠的跑去和K要錢。K的沒錢，他也知道；他也並不指望這筆錢用。只想借此去罵他一頓罷了，據說拍了桌子大罵呢！」

「這與他的寫小說一樣的道理呀！唉，這就是W了。」

P無語，我卻想起一件事：

「W到美國後有信來麼？」

「長遠了，沒有信。」

我們於是都又默然。

白采

盛暑中寫《白采的詩》一文，剛滿一頁，便因病擱下。這時候薰宇來了一封信，說白采死了，死在香港到上海的船中。他只有一個人；他的遺物暫存在立達學園裏。有文稿，舊體詩詞稿，筆記稿，有朋友和女人的通信，還有四包女人的頭髮！我將薰宇的信念了好幾遍，茫然若失了一會；覺得白采雖於生死無所容心，但這樣的死在將到吳淞口了的船中，也未免太慘酷了些——這是我們後死者所難堪的。

白采是一個不可捉摸的人。他的歷史，他的性格，現在雖從遺物中略知梗概，但在他生前，是絕少人知道的；他也絕口不向人說，你問他他只支吾而已。他賦性既這樣遺世絕俗，自然是落落寡合了；但我們卻能夠看出他是一個好朋友，他是一個有真心的人。

「不打不成相識，」我是這樣的知道了白采的。這是爲學生李芳詩集的事。李芳將他的詩集交我刪改，並囑我作序。那時我在溫州，他在上海。我因事忙，一擱就是半年；而李芳已因不知名的急病死在上海。我很懊悔我的需緩，趕緊抽了空給他工作。正在這時，平伯轉來白采的信，短短的兩行，催我設法將李芳的詩出版；又附了登在《覺悟》上的小說《作詩的兒子》，讓我看看——裏面頗有譏諷我的話。我當時覺得不應得這種譏諷，便寫了一封近兩千字的長信，詳述事件首尾，向他辯解。信去了便等回信；但是杳無消息。等到我已不希望了，他才來了一張明信片；在我看來，只是幾句半冷半熱的話而已。我只能以「豈能盡如人意？但求無愧我心！」自解，聽之而已。

但平伯因轉信的關係，卻和他常通函札。平伯來信，屢屢說起他，說是一個有趣的人。有一回平伯到白馬湖看我。我和他同往寧波的時候，他在火車中將白采的詩稿《羸疾者的愛》給我看。我在車身不住的動搖中，讀了一遍。覺得大有意思。我於是承認平伯的話，他是一個有趣的人。我又和平伯說，他這篇詩似乎是受了尼采的影響。後來平伯來信，說已將此語函告白采，他頗以爲然。我當時還和平伯說，關於這篇詩，我想寫一篇評論；平伯大約也告訴了他。有一回他突然來信說起此事；他盼望早些見著我的文字，讓他知道在我眼中的他的詩究竟是怎樣的。我回信答應他，就要做的。以後我們常常通信，他常常提及此事。但現在是三年以後了，我才算將此文完篇；他卻已經死了，看不見了！他暑假前最後給我的信還說起他的盼望。天啊！我怎樣對得起這樣一個朋友，我怎樣挽回我的過錯呢？

平伯和我都不曾見過白采，大家覺得是一件缺憾。有一回我到上海，和平伯到西門林蔭路新正興里五號去訪他：這是按著他給我們的通信地址去的。但不幸得很，他已經搬到附近什麼地方去了；我們只好嗒然而歸。新正興里五號是朋友延陵君住過的：有一次談起白采，他說他姓童，在美術專門學校念書；他的夫人和延陵夫人是朋友，延陵夫婦曾借住他們所賃的一間亭子間。那是我看延陵時去過的，床和桌椅都是白漆的；是一間雖小而極潔淨的房子，幾乎使我忘記了是在上海的西門地方。現在他存著的攝影裏，據我看，有好幾張是在那間房裏照的。又從他的遺札裏，推想他那時還未離婚；他離開新正興里五號，或是正爲離婚的緣故，也未可知。這卻使我們事後追想，多少感著些悲劇味了。但平伯終於未見著白采，我竟得和他見了一面。那是在立達學園我預備上火車去上海前的五分鐘。這一天，學園的朋友說白采要搬來了；我從早上等了好久，還沒有音信。正預備上車站，白采從門口進來了。他說著江西話，似乎很老成了，是飽經世變的樣子。我因上海還有約會，只匆匆一談，便握手作別。他後來有信給平伯說我「短小精悍」，卻是一句有趣的話。這是我們最初的一面，但誰知也就是最後的一面呢！

去年年底，我在北京時，他要去集美作教；他聽說我有南歸之意，因不能等我一面，便寄了一張小影給我。這是他立在露臺上遠望的背影，他說是聊寄佇盼之意。我得此小影，反覆把玩而不忍釋，覺得他真是一個好朋友。這回來到立達學園，偶然翻閱《白采的小說》，《作詩的兒子》一篇中譏諷我的話，已經刪改；而薰宇告我，我最初給他的那封長信，他還留在箱子裏。這使我慚愧從前的猜想，我真是小器的人哪！但是他現在死了，我又能怎樣呢？我只相信，如愛墨生的話，他在許多朋友的心裏是不死的！

荷塘月色

這幾天心裏頗不寧靜。今晚在院子裏坐著乘涼，忽然想起日日走過的荷塘，在這滿月的光裏，總該另有一番樣子吧。月亮漸漸地升高了，牆外馬路上孩子們的歡笑，已經聽不見了；妻在屋裏拍著閏兒，迷迷糊糊地哼著眠歌。我悄悄地披了大衫，帶上門出去。

沿著荷塘，是一條曲折的小煤屑路。這是一條幽僻的路；白天也少人走，夜晚更加寂寞。荷塘四面，長著許多樹，蓊蓊郁郁的。路的一旁，是些楊柳，和一些不知道名字的樹。沒有月光的晚上，這路上陰森森的，有些怕人。今晚卻很好，雖然月光也還是淡淡的。

路上只我一個人，背著手踱著。這一片天地好像是我的；我也像超出了平常的自己，到了另一世界裏。我愛熱鬧，也愛冷靜；愛群居，也愛獨處。像今晚上，一個人在這蒼茫的月下，什麼都可以想，什麼都可以不想，便覺是個自由的人。白天裏一定要做的事，一定要說的話，現在都可不理。這是獨處的妙處，我且受用這無邊的荷香月色好了。

曲曲折折的荷塘上面，彌望的是田田的葉子。葉子出水很高，像亭亭的舞女的裙。層層的葉子中間，零星地點綴著些白花，有裊娜地開著的，有羞澀地打著朵兒的；正如一粒粒的明珠，又如碧天裏的星星，又如剛出浴的美人。微風過處，送來縷縷清香，彷彿遠處高樓上渺茫的歌聲似的。這時候葉子與花也有一絲的顫動，像閃電般，霎時傳過荷塘的那邊去了。葉子本是肩並肩密密地挨著，這便宛然有了一道凝碧的波痕。葉子底下是脈脈的流水，遮住了，不能見一些顏色；而葉子卻更見風致了。

月光如流水一般，靜靜地瀉在這一片葉子和花上。薄薄的青霧浮起在荷塘裏。葉子和花彷彿在牛乳中洗過一樣；又像籠著輕紗的夢。雖然是滿月，天上卻有一層淡淡的雲，所以不能朗照；但我以爲這恰是到了好處——酣眠固不可少，小睡也別有風味的。月光是隔了樹照過來的，高處叢生的灌木，落下參差的斑駁的黑影，峭楞楞如鬼一般；彎彎的楊柳的稀疏的倩影，卻又像是畫在荷葉上。塘中的月色並不均勻；但光與影有著和諧的旋律，如梵婀玲上奏著的名曲。

荷塘的四面，遠遠近近，高高低低都是樹，而楊柳最多。這些樹將一片荷塘重重圍住；只在小路一旁，漏著幾段空隙，像是特爲月光留下的。樹色一例是陰陰的，乍看像一團煙霧；但楊柳的丰姿，便在煙霧裏也辨得出。樹梢上隱隱約約的是一帶遠山，只有些大意罷了。樹縫裏也漏著一兩點路燈光，沒精打采的，是渴睡人的眼。這時候最熱鬧的，要數樹上的蟬聲與水裏的蛙聲；但熱鬧是牠們的，我什麼也沒有。

忽然想起採蓮的事情來了。採蓮是江南的舊俗，似乎很早就有，而六朝時爲盛；從詩歌裏可以約略知道。採蓮的是少年的女子，她們是蕩著小船，唱著豔歌去的。採蓮人不用說很多，還有看採蓮的人。那是一個熱鬧的季節，也是一個風流的季節。梁元帝《採蓮賦》裏說得好：

於是妖童媛女，蕩舟心許；鷁首徐回，兼傳羽杯；櫂棹將移而藻掛，船欲動而萍開。爾其纖腰束素，遷延顧步；夏始春餘，葉嫩花初，恐沾裳而淺笑，畏傾船而斂裾。

可見當時嬉遊的光景了。這真是有趣的事，可惜我們現在早已無福消受了。

於是又記起《西洲曲》裏的句子：

採蓮南塘秋，蓮花過人頭；低頭弄蓮子，蓮子清如水。

今晚若有採蓮人，這兒的蓮花也算得「過人頭」了；只不見一些流水的影子，是不行的。這令我到底惦著江南了。——這樣想著，猛一抬頭，不覺已是自己的門前；輕輕地推門進去，什麼聲息也沒有，妻已睡熟好久了。

一封信

在北京住了兩年多了，一切平平常常地過去。要說福氣，這也是福氣了。因為平平常常，正像「糊塗」一樣「難得」，特別是在「這年頭」。但不知怎的，總不時想著在那兒過了五六年轉徙無常的生活的南方。轉徙無常，誠然算不得好日子；但要說到人生味，怕倒比平平常常時候容易深切地感著。現在終日看見一樣的臉板板的天，灰蓬蓬的地；大柳高槐，只是大柳高槐而已。於是木木然，心上什麼也沒有；有的只是自己，自己的家。我想著我的渺小，有些戰慄起來；清福究竟也不容易享的。

這幾天似乎有些異樣。像一葉扁舟在無邊的大海上，像一個獵人在無盡的森林裏。走路，說話，都要費很大的力氣；還不能如意。心裏是一團亂麻，也可說是一團火。似乎在掙扎著，要明白些什麼，但似乎什麼也沒有明白。「一部《十七史》，從何處說起，」正可借來作近日的我的注腳。昨天忽然有人提起《我的南方》的詩。這是兩年前初到北京，在一個村店裏，喝了兩杯「蓮花白」以後，信筆塗出來的。於今想起那情景，似乎有些渺茫；至於詩中所說的，那更是遙遙乎遠哉了，但是事情是這樣湊巧：今天吃了午飯，偶然抽一本舊雜誌來消遣，卻翻著了三年前給S的一封信。信裏說著台州，在上海，杭州，寧波之南的台州。這真是「我的南方」了。我正苦於想不出，這卻指引我一條路，雖然只是「一條」路而已。

我不忘記台州的山水，台州的紫藤花，台州的春日，我也不能忘記S。他從前歡喜喝酒，歡喜罵人；但他是個有天真的人。他待朋友真不錯。L從湖南到寧波去找他，不名一文；他陪他喝了半年酒才分手。他去年結了婚。爲結婚的事煩惱了幾個整年的他，這算是葉落歸根了；但他也與我一樣，已快上那「中年」的線了吧。結婚後我們見過一次，匆匆的一次。我想，他也和一切人一樣，結了婚終於是結了婚的樣子了吧。但我老只是記著他那喝醉了酒，很嫵媚的罵人的意態；這在他或已懊悔著了。

南方這一年的變動，是人的意想所趕不上的。我起初還知道他的蹤跡；這半年是什麼也不知道了。他到底是怎樣地過著這狂風似的日子呢？我所沉吟的正在此。我說過大海，他正是大海上的一個小浪；我說過森林，他正是森林裏的一隻小鳥。恕我，恕我，我向那裏去找你？

這封信曾印在台州師範學校的《綠絲》上。我現在重印在這裏；這是我眼前一個很好的自慰的法子。

九月二十七日記。

S兄：

……

我對於台州，永遠不能忘記！我第一日到六師校時，係由埠頭坐了轎子去的。轎子走的都是僻路；使我詫異，爲什麼堂堂一個府城，竟會這樣冷靜！那時正是春天，而因天氣的薄陰和道路的幽寂，使我宛然如入了秋之國土。約莫到了賣花橋邊，我看見那清綠的北固山，下面點綴著幾帶樸實的洋房子，心胸頓然開朗，彷彿微微的風拂過我的面孔似的。到了校裏，登樓一望，見遠山之上，都冪著白雲。四面全無人聲，也無人影；天上的鳥也無一隻。只背後山上謖謖的松風略略可聽而已。那時我真脫卻人間煙火氣而飄飄欲仙了！後來我雖然發見了那座樓實在太壞了：柱子如雞骨，地板如雞皮！但自然的寬大使我忘記了那房屋的狹窄。我於是曾好幾次爬到北固山的頂上，去領略那颼颼的高風，看那低低的，小小的，綠綠的田畝。這是我最高興的。

來信說起紫藤花，我真愛那紫藤花！在那樣樸陋——現在大概不那樣樸陋了吧——的房子裏，庭院中，竟有那樣雄偉，那樣繁華的紫藤花，真令我十二分驚詫！她的雄偉與繁華遮住了那樸陋，使人一對照，反覺樸陋倒是不可少似的，使人幻想「美好的昔日」！我也曾幾度在花下徘徊：那時學生都上課去了，只剩我一人。暖和的晴日，鮮豔的花色，嗡嗡的蜜蜂，醞釀著一庭的春意。我自己如浮在茫茫的春之海裏，不知怎麼是好！那花真好看：蒼老虬勁的枝幹，這麼粗這麼粗的枝幹，宛轉騰挪而上；誰知她的纖指會那樣嫩，那樣豔麗呢？那花真好看：一縷縷垂垂的細絲，將她們懸在那皴裂的臂上，臨風婀娜，真像嘻嘻哈哈的小姑娘，真像凝妝的少婦，像兩頰又像雙臂，像胭脂又像粉……我在他們下課的時候，又曾幾度在樓頭眺望：那手姿更是撩人：雲喲，霞喲，仙女喲！我離開台州以後，永遠沒見過那樣好的紫藤花，我真惦記她，我真妒羨你們！

此外，南山殿望江樓上看浮橋（現在早已沒有了），看憧憧的人在長長的橋上往來著；東湖水閣上，九折橋上看柳色和水光，看釣魚的人；府後山沿路看田野，看天；南門外看梨花——再回到北固山，冬天在醫院前看山上的雪；都是我喜歡的。說來可笑，我還記得我從前住過的舊倉頭楊姓的房子裏的一張畫桌；那是一張紅漆的，一丈光景長而狹的畫桌，我放它在我樓上的窗前，在上面讀書，和人談話，過了我半年的生活。現在想已擱起來無人用了吧？唉！

台州一般的人真是和自然一樣樸實；我一年裏只見過三個上海裝束的流氓！學生中我頗有記得的。前些時有位P君寫信給我，我雖未有工夫作覆，但心中很感謝！乘此機會請你爲我轉告一句。

我寫的已多了；這些胡亂的話，不知可附載在《綠絲》的末尾，使它和我的舊友見見面麼？

弟 自清。

《梅花》後記

這一卷詩稿的運氣真壞！我爲它碰過好幾回壁，幾乎已經絕望。現在承開明書店主人的好意，答應將它印行，讓我盡了對於亡友的責任，真是感激不盡！

偶然翻閱卷前的序，後面記著一九二四年二月；算來已是四年前的事了。而無隅的死更在前一年。這篇序寫成後，曾載在《時事新報》的《文學旬刊》上。那時即使有人看過，現在也該早已忘懷了吧？無隅的棺木聽說還停在上海某處；但日月去得這樣快，五年來人事代謝，即在無隅的親友，他的名字也已有點模糊了吧？想到此，頗有些莫名的寂寞了。

我與無隅末次聚會，是在上海西門三德里（？）一個樓上。那時他在美術專門學校學西洋畫，住著萬年橋附近小弄堂裏一個亭子間。我是先到了那裏，再和他同去三德里的。那一暑假，我從溫州到上海來玩兒；因爲他春間交給我的這詩稿還未改好，所以一面訪問，一面也給他個信。見面時，他那瘦黑的，微笑的臉，還和春間一樣；從我認識他時，他的臉就是這樣。我怎麼也想不到，隔了不久的日子，他會突然離我們而去！——但我在溫州得信很晚，記得彷彿已在他死後一兩個月；那時我還忙著改這詩稿，打算寄給他呢。

他似乎沒有什麼親戚朋友，至少在上海是如此。他的病情和死期，沒人能說得清楚，我至今也還有些茫然；只知道病來得極猛，而又沒錢好好醫治而已。後事據說是幾個同鄉的學生湊了錢辦的。他們大抵也沒錢，想來只能草草收殮罷了。棺木是寄在某處。他家裏想運回去，苦於沒有這筆錢——雖然不過幾十元。他父親與他朋友林醒民君都指望這詩稿能賣得一點錢。不幸碰了四回壁，還留在我手裏；四個年頭已飛也似地過去了。自然，這其間我也得負多少因循的責任。直到現在，賣是賣了，想起無隅的那薄薄的棺木，在南方的潮濕裏，在數年的塵封裏，還不知是什麼樣子！其實呢，一堆腐骨，原無足惜；但人究竟是人，明知是迷執，打破卻也不易的。

無隅的父親到溫州找過我，那大約是一九二三年的春天吧。一望而知，這是一個老實的內地人。他很愁苦地說，為了無隅讀書，家裏已用了不少錢。誰知道會這樣呢？他說，現在無隅還有一房家眷要養活，運棺木的費，實在想不出法。聽說他有什麼稿子，請可憐可憐，給他想想法吧！我當時答應下來；誰知道一耽擱就是這些年頭！後來他還轉托了一位與我不相識的人寫信問我。我那時已離開溫州，因事情尚無頭緒，一時忘了作覆，從此也就沒有音信。現在想來，實在是很不安的。

我在序裏略略提過林醒民君，他真是個值得敬愛的朋友！最熱心無隅的事的是他；四年中不斷地督促我的是他。我在溫州的時候，他特地為了無隅的事，從家鄉玉環來看我，又將我刪改過的這詩稿，端端正正的抄了一遍，給編了目錄，就是現在付印的稿本了。我去溫州，他也到漢口寧波各地做事；常有信給我，信裏總殷殷問起這詩稿。去年他到南洋去，臨行還特地來信催我。他說無隅死了好幾年了，僅存的一卷詩稿，還未能付印，真是一件難以放下的心事；請再給向什麼地方試試，怎樣？他到南洋後，至今尚無消息，海天遠隔，我也不知他在何處。現在想寄信由他家裏轉，讓他知道這詩稿已能付印；他定非常高興的。古語說，「一死一生，乃見交情」；他之於無隅，這五年以來，有如一日，真是人所難能的！

關心這詩稿的，還有白采與周了因兩位先生。白先生有一篇小說，叫《作詩的兒子》，是紀念無隅的，裏面說到這詩稿。那時我還在溫州。他將這篇小說由平伯轉寄給我，附了一信，催促我設法付印。他和平伯，和我，都不相識；因這一來，便與平伯常常通信，後來與我也常通信了。這也算很巧的一段因緣。我又告訴醒民，醒民也和他寫了幾回信。據醒民說，他曾經一度打算出資印這詩稿；後來因印自己的詩，力量來不及，只好罷了。可惜這詩稿現在行將付印，而他已死了三年，竟不能見著了！周了因先生，據醒民說，也是無隅的好友。醒民說他要給這詩稿寫一篇序，又要寫一篇無隅的傳。但又說他老是東西飄泊著，沒有準兒；只要有機會將這詩稿付印，也就不必等他的文章了。我知道他現在也在南洋什麼地方；路是這般遠，我也只好不等他了。

春餘夏始，是北京最好的日子。我重翻這詩稿，溫尋著舊夢，心上倒像有幾分秋意似的。

懷魏握青君

兩年前差不多也是這些日子吧，我邀了幾個熟朋友，在雪香齋給握青送行。雪香齋以紹酒著名。這幾個人多半是浙江人，握青也是的，而又有一兩個是酒徒，所以便揀了這地方。說到酒，蓮花白太膩，白乾太烈；一是北方的佳人，一是關西的大漢，都不宜於淺斟低酌。只有黃酒，如溫舊書，如對故友，真是醰醰有味。只可惜雪香齋的酒還上了色；若是「竹葉青」，那就更妙了。握青是到美國留學去，要住上三年；這麼遠的路，這麼多的日子，大家確有些惜別，所以那晚酒都喝得不少。出門分手，握青又要我去中天看電影。我坐下直覺頭暈。握青說電影如何如何，我只糊糊塗塗聽著；幾回想張眼看，卻什麼也看不出。終於支持不住，出其不意，哇地吐出來了。觀眾都吃一驚，附近的人全堵上了鼻子；這真有些惶恐。握青扶我回到旅館，他也吐了。但我們心裏都覺得這一晚很痛快。我想握青該還記得那種狼狽的光景吧？

我與握青相識，是在東南大學。那時正是暑假，中華教育改進社借那兒開會。我與方光燾君去旁聽，偶然遇著握青；方君是他的同鄉，一向認識，便給我們介紹了。那時我只知道他很活動，會交際而已。匆匆一面，便未再見。三年前，我北來作教，恰好與他同事。我初到，許多事都不知怎樣做好；他給了我許多幫助。我們同住在一個院子裏，吃飯也在一處。因此常和他談論。我漸漸知道他不只是很活動，會交際；他有他的真心，他有他的銳眼，他也有他的傻樣子。許多朋友都以為他是個傻小子，大家都叫他老魏，連聽差背地裏也是這樣叫他；這個太親暱的稱呼，只有他有。

但他決不如我們所想的那麼「傻」，他是個玩世不恭的人——至少我在北京見著他是如此。那時他已一度受過人生的戒，從前所有多或少的嚴肅氣分，暫時都隱藏起來了；剩下的只是那冷然的玩弄一切的態度。我們知道這種劍鋒般的態度，若赤裸裸地露出，便是自己矛盾，所以總得用了什麼法子蓋藏著。他用的是一副傻子的面具。我有時要揭開他這副面具，他便說我是《語絲》派。但他知道我，並不比我知道他少。他能由我一個短語，知道全篇的故事。他對於別人，也能知道；但只默喻著，不大肯說出。他的玩世，在有些事情上，也許太隨便些。但以或種意義說，他要復仇；人總是人，又有什麼辦法呢？至少我是原諒他的。

以上其實也只說得他的一面；他有時也能爲人盡心竭力。他曾爲我決定一件極爲難的事。我們沿著牆根，走了不知多少趟；他源源本本，條分縷析地將形勢剖解給我聽。你想，這豈是傻子所能做的？幸虧有這一面，他還能高高興興過日子；不然，沒有笑，沒有淚，只有冷臉，只有「鬼臉」，豈不鬱鬱地悶煞人！

我最不能忘的，是他動身前不多時的一個月夜。電燈滅後，月光照了滿院，柏樹森森地竦立著。屋內人都睡了；我們站在月光裏，柏樹旁，看著自己的影子。他輕輕地訴說他生平冒險的故事。說一會，靜默一會。這是一個幽奇的境界。他敘述時，臉上隱約浮著微笑，就是他心地平靜時常浮在他臉上的微笑；一面偏著頭，老像發問似的。這種月光，這種院子，這種柏樹，這種談話，都很可珍貴；就由握青自己再來一次，怕也不一樣的。

他走之前，很願我做些文字送他；但又用玩世的態度說，「怕不肯吧？我曉得，你不肯的。」我說，「一定做，而且一定寫成一幅橫披——只是字不行些。」但是我慚愧我的懶，那「一定」早已幾乎變成「不肯」了！而且他來了兩封信，我竟未覆隻字。這叫我怎樣說好呢？我實在有種壞脾氣，覺得路太遙遠，竟有些渺茫一般，什麼便都因循下來了。好在他的成績很好，我是知道的；只此就很夠了。別的，反正他明年就回來，我們再好好地談幾次，這是要緊的。——我想，握青也許不那麼玩世了吧。

兒女

我現在已是五個兒女的父親了。想起聖陶喜歡用的「蝸牛背了殼」的比喻，便覺得不自在。新近一位親戚嘲笑我說，「要剝層皮呢！」更有些悚然了。十年前剛結婚的時候，在胡適之先生的《藏暉室札記》裏，見過一條，說世界上有許多偉大的人物是不結婚的；文中並引培根的話，「有妻子者，其命定矣。」當時確吃了一驚，彷彿夢醒一般；但是家裏已是不由分說給娶了媳婦，又有甚麼可說？現在是一個媳婦，跟著來了五個孩子；兩個肩頭上，加上這麼重一副擔子，真不知怎樣走才好。「命定」是不用說了；從孩子們那一面說，他們該怎樣長大，也正是可以憂慮的事。

我是個徹頭徹尾自私的人，做丈夫已是勉強，做父親更是不成。自然，「子孫崇拜」，「兒童本位」的哲理或倫理，我也有些知道；既做著父親，閉了眼抹殺孩子們的權利，知道是不行的。可惜這只是理論，實際上我是仍舊按照古老的傳統，在野蠻地對付著，和普通的父親一樣。近來差不多是中年的人了，才漸漸覺得自己的殘酷；想著孩子們受過的體罰和叱責，始終不能辯解——像撫摩著舊創痕那樣，我的心酸溜溜的。有一回，讀了有島武郎《與幼小者》的譯文，對了那種偉大的，沉摯的態度，我竟流下淚來了。去年父親來信，問起阿九，那時阿九還在白馬湖呢；信上說，「我沒有耽誤你，你也不要耽誤他才好。」我為這句話哭了一場；我為什麼不像父親的仁慈？我不該忘記，父親怎樣待我們來著！人性許真是二元的，我是這樣地矛盾；我的心像鐘擺似的來去。

你讀過魯迅先生的《幸福的家庭》麼？我的便是那一類的「幸福的家庭」！每天午飯和晚飯，就如兩次潮水一般。先是孩子們你來他去地在廚房與飯間裏查看，一面催我或妻發「開飯」的命令。急促繁碎的腳步，夾著笑和嚷，一陣陣襲來，直到命令發出為止。他們一遞一個地跑著喊著，將命令傳給廚房裏傭人；便立刻搶著回來搬凳子。於是這個說，「我坐這兒！」那個說，「大哥不讓我！」大哥卻說，「小妹打我！」我給他們調解，說好話。但是他們有時候很固執，我有時候也不耐煩，這便用著叱責了；叱責還不行，不由自主地，我的沉重的手掌便到他們身上了。於是哭的哭，坐的坐，局面才算定了。接著可又你要大碗，他要小碗，你說紅筷子好，他說黑筷子好；這個要乾飯，那個要稀飯，要茶要湯，要魚要肉，要豆腐，要蘿蔔；你說他菜多，他說你菜好。妻是照例安慰著他們，但這顯然是太迂緩了。我是個暴躁的人，怎麼等得及？不用說，用老法子將他們立刻征服了；雖然有哭的，不久也就抹著淚捧起碗了。吃完了，紛紛爬下凳子，桌上是飯粒呀，湯汁呀，骨頭呀，渣滓呀，加上縱橫的筷子，欹斜的匙子，就如一塊花花綠綠的地圖模型。

吃飯而外，他們的大事便是遊戲。遊戲時，大的有大主意，小的有小主意，各自堅持不下，於是爭執起來；或者大的欺負了小的，或者小的竟欺負了大的，被欺負的哭著嚷著，到我或妻的面前訴苦；我大抵仍舊要用老法子來判斷的，但不理的時候也有。最為難的，是爭奪玩具的時候：這一個的與那一個的是同樣的東西，卻偏要那一個的；而那一個便偏不答應。在這種情形之下，不論如何，終於是非哭了不可的。這些事件自然不至於天天全有，但大致總有好些起。我若坐在家裏看書或寫什麼東西，管保一點鐘裏要分幾回心，或站起來一兩次的。若是雨天或禮拜日，孩子們在家的多，那麼，攤開書竟看不下一行，提起筆也寫不出一個字的事，也有過的。我常和妻說，「我們家真是成日的千軍萬馬呀！」有時是不但「成日」，連夜裏也有兵馬在進行著，在有吃乳或生病的孩子的時候！

我結婚那一年，才十九歲。二十一歲，有了阿九；二十三歲，又有了阿菜。那時我正像一匹野馬，那能容忍這些累贅的鞍韉，轡頭，和韁繩？擺脫也知是不行的，但不自覺地時時在擺脫著。現在回想起來，那些日子，真苦了這兩個孩子；真是難以寬宥的種種暴行呢！阿九才兩歲半的樣子，我們住在杭州的學校裏。不知怎地，這孩子特別愛哭，又特別怕生人。一不見了母親，或來了客，就哇哇地哭起來了。學校裏住著許多人，我不能讓他擾著他們，而客人也總是常有的；我懊惱極了，有一回，特地騙出了妻，關了門，將他按在地下打了一頓。這件事，妻到現在說起來，還覺得有些不忍；她說我的手太辣了，到底還是兩歲半的孩子！

我近年常想著那時的光景，也覺黯然。阿菜在台州，那是更小了；才過了周歲，還不大會走路。也是為了纏著母親的緣故吧，我將她緊緊地按在牆角裏，直哭喊了三四分鐘；因此生了好幾天病。妻說，那時真寒心呢！但我的苦痛也是真的。我曾給聖陶寫信，說孩子們的折磨，實在無法奈何；有時竟覺著還是自殺的好。這雖是氣憤的話，但這樣的心情，確也有過的。後來孩子是多起來了，磨折也磨折得久了，少年的鋒稜漸漸地鈍起來了；加以增長的年歲增長了理性的裁制力，我能夠忍耐了——覺得從前真是一個「不成材的父親」，如我給另一個朋友信裏所說。但我的孩子們在幼小時，確比別人的特別不安靜，我至今還覺如此。我想這大約還是由於我們撫育不得法；從前只一味地責備孩子，讓他們代我們負起責任，卻未免是可恥的殘酷了！

正面意義的「幸福」，其實也未嘗沒有。正如誰所說，小的總是可愛，孩子們的小模樣，小心眼兒，確有些教人捨不得的。阿毛現在五個月了，你用手指去撥弄她的下巴，或向她做趣臉，她便會張開沒牙的嘴格格地笑，笑得像一朵正開的花。她不願在屋裏待著；待久了，便大聲兒嚷。妻常說，「姑娘又要出去溜達了。」她說她像鳥兒般，每天總得到外面溜一些時候。閏兒上個月剛過了三歲，笨得很，話還沒有學好呢。他只能說三四個字的短語或句子，文法錯誤，發音模糊，又得費氣力說出；我們老是要笑他的。他說「好」字，總變成「小」字；問他「好不好？」他便說「小」，或「不小」。我們常常逗著他說這個字玩兒；他似乎有些覺得，近來偶然也能說出正確的「好」字了——特別在我們故意說成「小」字的時候。他有一只搪瓷碗，是一毛來錢買的；買來時，老媽子教給他，「這是一毛錢。」他便記住「一毛」兩個字，管那只碗叫「一毛」，有時竟省稱爲「毛」。這在新來的老媽子，是必需翻譯了才懂的。他不好意思，或見著生客時，便咧著嘴癡笑；我們常用了土話，叫他做「呆瓜」。他是個小胖子，短短的腿，走起路來，蹣跚可笑；若快走或跑，便更「好看」了。他有時學我，將兩手疊在背後，一搖一擺的；那是他自己和我們都要樂的。

他的大姊便是阿菜，已是七歲多了，在小學校裏念著書。在飯桌上，一定得囉囉唆唆地報告些同學或他們父母的事情；氣喘喘地說著，不管你愛聽不愛聽。說完了總問我：「爸爸認識麼？」「爸爸知道麼？」妻常禁止她吃飯時說話，所以她總是問我。她的問題真多：看電影便問電影裏的是不是人？是不是真人？怎麼不說話？看照相也是一樣。不知誰告訴她，兵是要打人的。她回來便問，兵是人麼？爲什麼打人？近來大約聽了先生的話，回來又問張作霖的兵是幫誰的？蔣介石的兵是不是幫我們的？諸如此類的問題，每天短不了，常常鬧得我不知怎樣答才行。她和閏兒在一處玩兒，一大一小，不很合式，老是吵著哭著。但合式的時候也有：譬如這個往床底下躲，那個便鑽進去追著；這個鑽出來，那個也跟著——從這個床到那個床，只聽見笑著，嚷著，喘著，真如妻所說，像小狗似的。現在在京的，便只有這三個孩子；阿九和轉兒是去年北來時，讓母親暫時帶回揚州去了。

阿九是歡喜書的孩子。他愛看《水滸》，《西遊記》，《三俠五義》，《小朋友》等；沒有事便捧著書坐著或躺著看。只不歡喜《紅樓夢》，說是沒有味兒。是的，《紅樓夢》的味兒，一個十歲的孩子，哪裡能領略呢？去年我們事實上只能帶兩個孩子來；因爲他大些，而轉兒是一直跟著祖母的，便在上海將他倆丟下。我清清楚楚記得那分別的一個早上。我領著阿九從二洋涇橋的旅館出來，送他到母親和轉兒住著的親戚家去。妻囑咐說，「買點吃的給他們吧。」我們走過四馬路，到一家茶食鋪裏。阿九說要熏魚，我給買了；又買了餅乾，是給轉兒的。便乘電車到海寧路。下車時，看著他的害怕與累贅，很覺惻然。到親戚家，因爲就要回旅館收拾上船，只說了一兩句話便出來；轉兒望望我，沒說什麼，阿九是和祖母說什麼去了。我回頭看了他們一眼，硬著頭皮走了。後來妻告訴我，阿九背地裏向她說：「我知道爸爸歡喜小妹，不帶我上北京去。」其實這是冤枉的。他又曾和我們說，「暑假時一定來接我啊！」我們當時答應著；但現在已是第二個暑假了，他們還在迢迢的揚州待著。他們是恨著我們呢？還是惦著我們呢？妻是一年來老放不下這兩個，常常獨自暗中流淚；但我有什麼法子呢！想到「只爲家貧成聚散」一句無名的詩，不禁有些淒然。轉兒與我較生疏些。但去年離開白馬湖時，她也曾用了生硬的揚州話（那時她還沒有到過揚州呢），和那特別尖的小嗓子向著我：「我要到北京去。」她曉得什麼北京，只跟著大孩子們說罷了；但當時聽著，現在想著的我，卻真是抱歉呢。這兄妹倆離開我，原是常事，離開母親，雖也有過一回，這回可是太長了；小小的心兒，知道是怎樣忍耐那寂寞來著！

我的朋友大概都是愛孩子的。少谷有一回寫信責備我，說兒女的吵鬧，也是很有趣的，何至可厭到如我所說；他說他真不解。子愷爲他家華瞻寫的文章，真是「藹然仁者之言」。聖陶也常常爲孩子操心：小學畢業了，到什麼中學好呢？——這樣的話，他和我說過兩三回了。我對他們只有慚愧！可是近來我也漸漸覺著自己的責任。我想，第一該將孩子們團聚起來，其次便該給他們些力量。我親眼見過一個愛兒女的人，因爲不曾好好地教育他們，便將他們荒廢了。他並不是溺愛，只是沒有耐心去料理他們，他們便不能成材了。我想我若照現在這樣下去，孩子們也便危險了。我得計畫著，讓他們漸漸知道怎樣去做人才行。但是要不要他們像我自己呢？這一層，我在白馬湖教初中學生時，也曾從師生的立場上問過丏尊，他毫不躊躇地說，「自然囉。」近來與平伯談起教子，他卻答得妙，「總不希望比自己壞囉。」是的，只要不「比自己壞」就行，「像」不「像」倒是不在乎的。職業，人生觀等，還是由他們自己去定的好；自己頂可貴，只要指導，幫助他們去發展自己，便是極賢明的辦法。

予同說，「我們得讓子女在大學畢了業，才算盡了責任。」SK說，「不然，要看我們的經濟，他們的材質與志願；若是中學畢了業，不能或不願升學，便去做別的事，譬如做工人吧，那也並非不行的。」自然，人的好壞與成敗，也不盡靠學校教育；說是非大學畢業不可，也許只是我們的偏見。在這件事上，我現在毫不能有一定的主意；特別是這個變動不居的時代，知道將來怎樣？好在孩子們還小，將來的事且等將來吧。目前所能做的，只是培養他們基本的力量——胸襟與眼光；孩子們還是孩子們，自然說不上高的遠的，慢慢從近處小處下手便了。這自然也只能先按照我自己的樣子：「神而明之，存乎其人，」光輝也罷，倒楣也罷，平凡也罷，讓他們各盡各的力去。我只希望如我所想的，從此好好地做一回父親，便自稱心滿意。——想到那「狂人」「救救孩子」的呼聲，我怎敢不悚然自勉呢？

旅行雜記

這次中華教育改進社在南京開第三屆年會，我也想觀觀光；故「不遠千里」的從浙江趕到上海，決於七月二日附赴會諸公的車尾而行。

一 殷勤的招待

七月二日正是浙江與上海的社員乘車赴會的日子。在上海這樣大車站裏，多了幾十個改進社社員，原也不一定能夠顯出甚麼異樣；但我卻覺得確乎是不同了，「一時之盛」的光景，在車站的一角上，是顯然可見的。這是在茶點室的左邊；那裏叢著一群人，正在向兩位特派的招待員接洽。壁上貼著一張黃色的磅紙，寫著龍蛇飛舞的字：「二等四元□，三等二元□。」兩位招待員開始執行職務了；這時已是六點四十分，離開車還有二十分鐘了。招待員所應做的第一大事，自然是買車票。買車票是大家都會的，買半票卻非由他們二位來「優待」一下不可。「優待」可真不是容易的事！他們實行「優待」的時候，要向每個人取名片，票價，——還得找錢。他們往還於茶點室和售票處之間，少說些，足有二十次！他們手裏是拿著一疊名片和鈔票洋錢；眼睛總是張望著前面，彷彿遺失了什麼，急急尋覓一樣；面部筋肉平板地緊張著；手和足的運動都像不是他們自己的。好容易費了二虎之力，居然買了幾張票，憑著名片分發了。每次分發時，各位候補人都一擁而上。等到得不著票子，便不免有了三三兩兩的怨聲了。那兩位招待員買票事大，卻也顧不得這些。可是鐘走得真快，不覺七點還欠五分了。這時票子還有許多人沒買著，大家都著急；而招待員竟不出來！有的人急忙尋著他們，情願取回了錢，自買全票；有的向他們頓足舞手的責備著。他們卻只是忙著照名片退錢，一言不發。——真好性兒！於是大家三步併作兩步，自己去買票子；這一擠非同小可！我除照付票價外，還出了一身大汗，才弄到一張三等車票。這時候對兩位招待員的怨聲真載道了：「這樣的飯桶！」「真飯桶！」「早做什麼事的？」「六點鐘就來了，還是自己買票，冤不冤！」我猜想這時候兩位招待員的耳朵該有些兒熱了。其實我倒能原諒他們，無論招待的成績如何，他們的眼睛和腿總算忙得可以了，這也總算是殷勤了；他們也可以對得起改進社了，改進社也可以對得起他們的社員了。——上車後，車就開了；有人問，「兩個飯桶來了沒有？」「沒有吧！」車是開了。

二 「躬逢其盛」

七月二日的晚上，花了約莫一點鐘的時間，才在大會註冊組買了一張旁聽的標識。這個標識很不漂亮，但頗有實用。七月三日早晨的年會開幕大典，我得躬逢其盛，全靠著它呢。

七月三日的早晨，大雨傾盆而下。這次大典在中正街公共講演廳舉行。該廳離我所住的地方有六七里路遠；但我終於冒了狂風暴雨，乘了黃包車赴會。在這一點上，我的熱心決不下於社員諸君的。

到了會場門首，早已停著許多汽車，馬車；我知道這確乎是大典了。走進會場，坐定細看，一切都很從容，似乎離開會的時間還遠得很呢！——雖然規定的時間已經到了。樓上正中是女賓席，似乎很是寥寥；兩旁都是軍警席——正和樓下的兩旁一樣。一個黑色的警察，間著一個灰色的兵士，靜默的立著。他們大概不是來聽講的，因爲既沒有賽瓷的社員徽章，又沒有和我一樣的旁聽標識，而且也沒有真正的「席」——坐位。（我所謂「軍警席」，是就實際而言，當時場中並無此項名義，合行聲明。）聽說督軍省長都要「駕臨」該場；他們原是保衛「兩長」來的，他們原是監視我們來的，好一個武裝的會場！

那時「兩長」未到，盛會還未開場；我們忽然要做學生了！一位教員風的女士走上台來，像一道光閃在聽眾的眼前；她請大家練習《盡力中華》歌。大家茫然的立起，跟著她唱。但「出其不意，攻其不備」，有些人不敢高唱，有些人竟唱不出。所以唱完的時候，她溫和地笑著向大家說：「這回太低了，等等再唱一回。」她輕輕的鞠了躬，走了。等了一等，她果然又來了。說完「一——二——三——四」之後，《盡力中華》的歌聲果然很響地起來了。她將左手插在腰間，右手上下的揮著，表示節拍；揮手的時候，腰部以上也隨著微微的向左右傾側，顯出極爲柔軟的曲線；她的頭略略偏右仰著，嘴唇輕輕的動著，嘴唇以上，盡是微笑。唱完時，她仍笑著說，「好些了，等等再唱。」再唱的時候，她拍著兩手，發出清脆的響，其餘和前回一樣。唱完，她立刻又「一——二——三——四」的要大家唱。大家似乎很驚愕，似乎她真看得大家和學生一樣了；但是半秒鐘的驚愕與不耐以後，終於又唱起來了——自然有一部分人，因疲倦而休息。於是大家的臨時的學生時代告終。不一會，場中忽然紛擾，大家的視線都集中在東北角上；這是齊督軍，韓省長來了，開會的時間真到了！

空空的講壇上，這時竟濟濟一台了。正中有三張椅子，兩旁各有一排椅子。正中的三人是齊燮元，韓國鈞，另有一個西裝少年；後來他演說，才知是「高督辦」——就是諱「恩洪」的了——的代表。這三人端坐在台的正中，使我聯想到大雄寶殿上的三尊佛像；他們雖坦然的坐著，我卻無端的為他們「惶恐」著。——於是開會了，照著秩序單進行。詳細的情形，有各報記述可看，毋庸在下再來饒舌。現在單表齊燮元，韓國鈞和東南大學校長郭秉文博士的高論。

齊燮元究竟是督軍兼巡閱使，他的聲音是加倍的洪亮；那時場中也特別肅靜——齊燮元究竟與眾不同呀！他咬字眼兒真咬得清白；他的話是「字本位」，是一個字一個字吐出來的。字與字間的時距，我不能指明，只覺比普通人說話延長罷了；最令我驚異而且焦躁的，是有幾句說完之後。那時我總以為第二句應該開始了，豈知一等不來，二等不至，三等不到；他是在唱歌呢，這兒碰著全休止符了！等到三等等完，四拍拍畢，第二句的第一個字才姍姍的來了。這其間至少有一分鐘；要用主觀的計時法，簡直可說足有五分鐘！說來說去，究竟他說的是什麼呢？我恭恭敬敬的答道：半篇八股！他用拆字法將「中華教育改進社」一題拆為四段：先做「教育」二字，是為第一股；次做「教育改進」，是為第二股；「中華教育改進」是第三股；加上「社」字，是第四股。層層遞進，如他由督軍而升巡閱使一樣。齊燮元本是廩貢生，這類文章本是他的拿手戲；只因時代維新，不免也要改良一番，才好應世；八股只剩了四股，大約便是為此了。最教我不忘記的，是他說完後的那一鞠躬。那一鞠躬真是與眾不同，鞠下去時，上半身全與講桌平行，我們只看見他一頭的黑髮；他然後慢慢的立起退下。這其間費了普通人三個一鞠躬的時間，是的的確確的。

接著便是韓國鈞了。他有一篇改進社開會詞，是開會前已分發了的。裏面曾有一節，論及現在學風的不良，頗有痛心疾首之概。我很想聽聽他的高見。但他卻不曾照本宣揚，他這時另有一番說話。他也經過了許多時間；但不知是我的精神不濟，還是另有原因，我毫沒有領會他的意思。只有煞尾的時候，他提高了喉嚨，我也豎起了耳朵，這才聽見他的警句了。他說：「現在政治上南北是不統一的。今天到會諸君，卻南北都有，同以研究教育為職志，毫無畛域之見。可見統一是要靠文化的，不能靠武力！」這最後一句話確是漂亮，贏得如雷的掌聲和許多輕微的讚嘆。他便在掌聲裏退下。這時我們所注意的，是在他肘腋之旁的齊燮元；可惜我眼睛不佳，不能看到他面部的變化，因而他的心情也不能詳說：這是很遺憾的。於是——是我行文的「於是」，不是事實的「於是」，請注意——來了郭秉文博士。他說，我只記得他說，「青年的思想應穩健，正確。」旁邊有一位告訴我說：「這是齊燮元的話。」但我卻發見了，這也是韓國鈞的話，便是開會辭裏所說的。究竟是誰的話呢？或者是「英雄所見，大略相同」麼？這卻要請問郭博士自己了。但我不能明白：什麼思想才算正確和穩健呢？郭博士的演說裏不曾下注腳，我也只好終於莫測高深了。

還有一事，不可不記。在那些點綴會場的員警中，有一個瘦長的，始終筆直的站著，幾乎不曾移過一步，真像石像一般，有著可怕的靜默。我最佩服他那昂著的頭和垂著的手；那天真苦了他們三位了！另有一個警官，也頗可觀。他那肥硬的身體，凸出的肚皮，老是背著的雙手，和那微微仰起的下巴，高高翹著的仁丹鬍子，以及胸前累累掛著的徽章——那天場中，這後兩件是他所獨有的——都顯出他的身分和驕傲。他在樓下左旁往來的徘徊著，似乎在督率著他的部下。我不能忘記他。

三　第三人稱

七月□日，正式開會。社員全體大會外，便是許多分組會議。我們知道全體大會不過是那麼回事，值得注意的是後者。我因爲也忝然的做了國文教師，便決然無疑地投到國語教學組旁聽。不幸聽了一次，便生了病，不能再去。那一次所議的是「採用他，她，牠案」（大意如此，原文忘記了）；足足議了兩個半鐘頭，才算不解決地解決了。這次討論，總算詳細已極，無微不至；在討論時，很有幾位英雄，舌本翻瀾，妙緒環湧，使得我茅塞頓開，搖頭佩服。這不可以不記。

其實我第一先應該佩服提案的人！在現在大家已經「採用」「他，她，牠」的時候，他才從容不迫地提出了這件議案，真可算得老成持重，「不敢爲天下先」，確遵老子遺訓的了。在我們禮義之邦，無論何處，時間先生總是要先請一步的；所以這件議案不因爲他的從容而被忽視，反因爲他的從容而被尊崇，這就是所謂「讓德」。且看當日之情形，誰不興高而采烈？便可見該議案的號召之力了。本來呢，「新文學」裏的第三人稱代名詞也太紛歧了！既「她」「伊」之互用，又「她」「它」之不同，更有「佢」「彼」之流，竄跳其間；於是乎烏煙瘴氣，一塌糊塗！提案人雖只爲辨「性」起見，但指定的三字，皆屬於也字系統，儼然有正名之意。將來「也」字系統若竟成爲正統，那開創之功一定要歸於提案人的。提案人有如彼的力量，如此的見解，怎不教人佩服？

討論的中心點是在女人，就是在「她」字。「人」讓他站著，「牛」也讓牠站著；所饒不過的是「女」人，就是「她」字旁邊立著的那「女」人！於是辯論開始了。一位教師說，「據我的『經驗』，女學生總不喜歡『她』字——男人的『他』，只標一個『人』字旁，女子的『她』，卻特別標一個『女』字旁，表明是個女人；這是她們所不平的！我發出的講義，上面的『他』字，她們常常要將『人』字旁改成『男』字旁，可以見她們報復的意思了。」大家聽了，都微微笑著，像很有味似的。另一位卻起來駁道，「我也在女學堂教書，卻沒有這種情形！」海格爾的定律不錯，調和派來了，他說，「這本來有兩派：用文言的歡喜用『伊』字，如周作人先生便是；用白話的歡喜用『她』字，『伊』字用的少些；其實兩個字都是一樣的。」「用文言的歡喜用『伊』字」，這句話卻有意思！文言裏間或有「伊」字看見，這是真理；但若說那些「伊」都是女人，那卻不免委屈了許多男人！周作人先生提倡用「伊」字也是實，但只是用在白話裏；我可保證，他決不曾有什麼「用文言」的話！而且若是主張「伊」字用於文言，那和主張人有兩隻手一樣，何必周先生來提倡呢？於是又冤枉了周先生！——調和終於無效，一位女教師立起來了。大家都傾耳以待，因爲這是她們的切身問題，必有一番精當之論！她說話快極了，我聽到的警句只是，「歷來加『女』字旁的字都是不好的字；『她』字是用不得的！」一位「他」立刻駁道，「『好』字豈不是『女』字旁麼？」大家都大笑了，在這大笑之中。忽有蒼老的聲音：「我看『他』字譬如我們普通人坐三等車；『她』字加了『女』字旁，是請她們坐二等車，有什麼不好呢？」這回真哄堂了，有幾個人笑得眼睛亮晶晶的，眼淚幾乎要出來；真是所謂「笑中有淚」了。後來的情形可有些模糊，大約便在談笑中收了場；於是乎一幕喜劇告成。

「二等車」，「三等車」這一個比喻，真是新鮮，足爲修辭學開一嶄新的局面，使我有永遠的趣味。從前賈寶玉說男人的骨頭是泥做的，女人的骨頭是水做的，至今傳爲佳話；現在我們的辯士又發明了這個「二三等車」的比喻，真是媲美前修，啓迪來學了。但這個「二三等之別」究竟也有例外；我離開南京那一晚，明明在三等車上看見三個「她」！我想：「她」「她」「她」何以不坐二等車呢？難道客氣不成？——那位辯士的話應該是不錯的！

說夢

僞《列子》裏有一段夢話，說得甚好：

「周之尹氏大治產，其下趣役者，侵晨昏而不息。有老役夫筋力竭矣，而使之彌勤。晝則呻呼而即事，夜則昏憊而熟寐。精神荒散，昔昔夢為國君：居人民之上，總一國之事；遊燕宮觀，恣意所欲，其樂無比。覺則復役人。……尹氏心營世事，慮鐘家業，心形俱疲，夜亦昏憊而寐。昔昔夢為人僕：趨走作役，無不為也；數罵杖撻，無不至也。眠中啽囈呻呼，徹旦息焉。……」

此文原意是要說出「苦逸之復，數之常也；若欲覺夢兼之，豈可得邪？」這其間大有玄味，我是領略不著的；我只是斷章取義地賞識這件故事的自身，所以才老遠地引了來。我只覺得夢不是一件壞東西。即真如這件故事所說，也還是很有意思的。因爲人生有限，我們若能夜夜有這樣清楚的夢，則過了一日，足抵兩日，過了五十歲，足抵一百歲；如此便宜的事，真是落得的。至於夢中的「苦樂」，則照我素人的見解，畢竟是「夢中的」苦樂，不必斤斤計較的。若必欲斤斤計較，我要大膽地說一句：他和那些在牆上貼紅紙條兒，寫著「夜夢不祥，書破大吉」的，同樣地不懂得夢！

但莊子說道，「至人無夢。」僞《列子》裏也說道，「古之真人，其覺自忘，其寢不夢。」——張湛注曰，「真人無往不忘，乃當不眠，何夢之有？」可知我們這幾位先哲不甚以做夢爲然，至少也總以爲夢是不大高明的東西。但孔子就與他們不同，他深以「不復夢見周公」爲憾；他自然是愛做夢的，至少也是不反對做夢的。——殆所謂時乎做夢則做夢者歟？我覺得「至人」，「真人」，畢竟沒有我們的份兒，我們大可不必妄想；只看「乃當不眠」一個條件，你我能做到麼？唉，你若主張或實行「八小時睡眠」，就別想做「至人」，「真人」了！但是，也不用擔心，還有爲我們掮木梢的：我們知道，愚人也無夢！他們是一枕黑甜，哼呵到曉，一些兒夢的影子也找不著的！我們徼幸還會做幾個夢，雖因此失了「至人」，「真人」的資格，卻也因此而得免於愚人，未嘗不是運氣。至於「至人」，「真人」之無夢和愚人之無夢，究竟有何分別？卻是一個難題。我想偷懶，還是摭拾上文說過的話來答吧：「真人……乃當不眠，……」而愚人是「一枕黑甜，哼呵到曉」的！再加一句，此即孔子所謂「上智與下愚不移」也。說到孔子，孔子不反對做夢，難道也做不了「至人」，「真人」？我說，「唯唯，否否！」孔子是「聖人」，自有他的特殊的地位，用不著再來爭「至人」，「真人」的名號了。但得知道，做夢而能夢周公，才能成其所以爲聖人；我們也還是夠不上格兒的。

我們終於只能做第二流人物。但這中間也還有個高低。高的如我的朋友P君：他夢見花，夢見詩，夢見綺麗的衣裳，……真可算得有夢皆甜了。低的如我：我在江南時，本忝在愚人之列，照例是漆黑一團地睡到天光；不過得聲明，哼呵是沒有的。北來以後，不知怎樣，陡然聰明起來，夜夜有夢，而且不一其夢。但我究竟是新升格的，夢儘管做，卻做不著一個清清楚楚的夢！成夜地亂夢顛倒，醒來不知所云，恍然若失。最難堪的是每早將醒未醒之際，殘夢依人，膩膩不去；忽然雙眼一睜，如墜深谷，萬象寂然——只有一角日光在牆上癡癡地等著！我此時決不起來，必凝神細想，欲追回夢中滋味於萬一；但照例是想不出，只惘惘然茫茫然似乎懷念著些什麼而已。雖然如此，有一點是知道的：夢中的天地是自由的，任你徜徉，任你翱翔；一睜眼卻就給密密的麻繩綁上了，就大大地不同了！我現在確乎有些精神恍惚，這裏所寫的就夠教你知道。但我不因此詛咒夢；我只怪我做夢的藝術不佳，做不著清楚的夢。若做著清楚的夢，若夜夜做著清楚的夢，我想精神恍惚也無妨的。照現在這樣一大串兒糊裏糊塗的夢，直是要將這個「我」化成漆黑一團，卻有些兒不便。是的，我得學些本事，今夜做他幾個好好的夢。我是徹頭徹尾讚美夢的，因為我是素人，而且將永遠是素人。

海行雜記

這回從北京南歸，在天津搭了通州輪船，便是去年曾被盜劫的。盜劫的事，似乎已很渺茫；所怕者船上的骯髒，實在令人不堪耳。這是英國公司的船；這樣的骯髒似乎盡夠玷污了英國國旗的顏色。但英國人說：這有什麼呢？船原是給中國人乘的，骯髒是中國人的自由，英國人管得著！英國人要乘船，會去坐在大菜間裏，那邊看看是什麼樣子？那邊，官艙以下的中國客人是不許上去的，所以就好了。是的，這不怪同船的幾個朋友要罵這只船是「帝國主義」的船了。「帝國主義的船」！我們到底受了些什麼「壓迫」呢？有的，有的！

我現在且說茶房吧。

我若有常常恨著的人，那一定是寧波的茶房了。他們的地盤，一是輪船，二是旅館。他們的團結，是宗法社會而兼梁山泊式的；所以未可輕侮，正和別的「寧波幫」一樣。他們的職務本是照料旅客；但事實正好相反，旅客從他們得著的只是侮辱，恫嚇，與欺騙罷了。中國原有「行路難」之嘆，那是因交通不便的緣故；但在現在便利的交通之下，即老於行旅的人，也還時時發出這種嘆聲，這又爲什麼呢？茶房與碼頭工人之艱於應付，我想比僅僅的交通不便，有時更顯其「難」吧！所以從前的「行路難」是唯物的；現在的卻是唯心的。這固然與社會的一般秩序及道德觀念有多少關係，不能全由當事人負責任；但當事人的「性格惡」實也占著一個重要的地位的。

我是乘船既多，受侮不少，所以姑說輪船裏的茶房。你去定艙位的時候，若遇著乘客不多，茶房也許會冷臉相迎；若乘客擁擠，你可就倒楣了。他們或者別轉臉，不來理你；或者用一兩句比刀子還尖的話，打發你走路——譬如說：「等下趟吧。」他說得如此輕鬆，憑你急死了也不管。大約行旅的人總有些異常，臉上總有一副著急的神氣。他們是以逸待勞的，樂得和你開開玩笑，所以一切反應總是懶懶的，冷冷的；你愈急，他們便愈樂了。他們於你也並無仇恨，只想玩弄玩弄，尋尋開心罷了，正和太太們玩弄叭兒狗一樣。所以你記著：上船定艙位的時候，千萬別先高聲呼喚茶房。你不是急於要找他們說話麼?但是他們先得訓你一頓，雖然只是低低的自言自語：「啥事體啦?哇啦哇啦的！」接著才響聲說，「噢，來哉，啥事體啦?」你還得記著：你的話說得愈慢愈好，愈低愈好；不要太客氣，也不要太不客氣。這樣你便是門檻裏的人，便是內行；他們固然不見得歡迎你，但也不會玩弄你了。——只冷臉和你簡單說話；要知道這已算承蒙青眼，應該受寵若驚的了。

定好了艙位，你下船是愈遲愈好；自然，不能過了開船的時候。最好開船前兩小時或一小時到船上，那便顯得你是一個有「涵養工夫」的，非急莘莘的「阿木林」可比了。而且茶房也得上岸去辦他自己的事，去早了倒絆住了他；他雖然可托同伴代為招呼，但總之麻煩了。為了客人而麻煩，在他們是不值得，在客人是不必要；所以客人便只好受「阿木林」的待遇了。有時船於明早十時開行，你今晚十點上去，以為晚上總該合式了；但也不然。晚上他們要打牌，你去了足以擾亂他們的清興；他們必也恨恨不平的。這其間有一種「分」，一種默喻的「規矩」，有一種「門檻經」，你得先做若干次「阿木林」，才能應付得「恰到好處」呢。

開船以後，你以爲茶房閒了，不妨多呼喚幾回。你若真這樣做時，又該受教訓了。茶房日裏要談天，料理私貨；晚上要抽大煙，打牌，那有閒工夫來伺候你！他們早上給你舀一盆臉水，日裏給你開飯，飯後給你擰手巾；還有上船時給你攤開鋪蓋，下船時給你打起鋪蓋：好了，這已經多了，這已經夠了。此外若有特別的事要他們做時，那只算是額外效勞。你得自己走出艙門，慢慢地叫著茶房，慢慢地和他說，他也會照你所說的做，而不加損害於你。最好是預先打聽了兩個茶房的名字，到這時候悠然叫著，那是更其有效的。但要叫得大方，彷彿很熟悉的樣子，不可有一點訥訥。叫名字所以更其有效者，被叫者覺得你有意和他親近（結果酒資不會少給），而別的茶房或竟以爲你與這被叫者本是熟悉的，因而有了相當的敬意；所以你第二次第三次叫時，別人往往會幫著你叫的。但你也只能偶爾叫他們；若常常麻煩，他們將發見，你到底是「阿木林」而冒充內行，他們將立刻改變對你的態度了。至於有些人睡在鋪上高聲朗誦的叫著「茶房」的，那確似乎搭足了架子；在茶房眼中，其爲「阿」字號無疑了。他們於是忿然的答應：「啥事體啦？哇啦啦！」但走來倒也會走來的。你若再多叫兩聲，他們又會說：「啥事體啦？茶房當山歌唱！」除非你真麻木，或真生了氣，你大概總不願再叫他們了吧。

「子入太廟，每事問」，至今傳爲美談。但你入輪船，最好每事不必問。茶房之怕麻煩，之懶惰，是他們的特徵；你問他們，他們或說不曉得，或故意和你開開玩笑，好在他們對客人們，除行李外，一切是不負責任的。大概客人們最普遍的問題，「明天可以到吧？」「下午可以到吧？」一類。他們或隨便答覆，或說，「慢慢來好囉，總會到的。」或簡單的說，「早呢！」總是不得要領的居多。他們的話常常變化，使你不能確信；不確信自然不回了。他們所要的正是耳根清淨呀。

茶房在輪船裏，總是盤踞在所謂「大菜間」的吃飯間裏。他們常常圍著桌子閒談，客人也可插進一兩個去。但客人若是坐滿了，使他們無處可坐，他們便恨恨了；若在晚上，他們老實不客氣將電燈滅了，讓你們暗中摸索去吧。所以這吃飯間裏的桌子竟像他們專利的。當他們圍桌而坐，有幾個固然有話可談；有幾個卻連話也沒有，只默默坐著，或者在打牌。我似乎爲他們覺著無聊，但他們也就這樣過去了。他們的臉上充滿了倦怠，嘲諷，麻木的氣分，彷彿下工夫練就了似的。最可怕的就是這滿臉：所謂「訑訑然拒人於千里之外」者，便是這種臉了。晚上映著電燈光，多少遮過了那灰滯的顏色；他們也開始有了些生氣。他們搭了鋪抽大煙，或者拖開桌子打牌。他們抽了大煙，漸有笑語；他們打牌，往往通宵達旦——牌聲，爭論聲充滿那小小的「大菜間」裏。客人們，尤其是抱了病，可睡不著了；但於他們有甚麼相干呢？活該你們洗耳恭聽呀！他們也有不抽大煙，不打牌的，便搬出香煙畫片來一張張細細賞玩：這卻是「雅人深致」了。

我說過茶房的團結是宗法社會而兼梁山泊式的，但他們中間仍不免時有戰氛。濃郁的戰氛在船裏是見不著的；船裏所見，只是輕微淡遠的罷了。「唯口出好興戎」，茶房的口，似乎很值得注意。他們的口，一例是練得極其尖刻的；一面自然也是地方性使然。他們大約是「寧可輸在腿上，不肯輸在嘴上」。所以即使是同伴之間，往往因爲一句有意的或無意的，不相干的話，動了真氣，掄眉豎目的恨恨半天而不已。這時臉上全失了平時冷靜的顏色，而換上熱烈的猙獰了。但也終於只是口頭「恨恨」而已，真個拔拳來打，舉腳來踢的，倒也似乎沒有。語云，「君子動口，小人動手」；茶房們雖有所爭鬥，殆仍不失爲君子之道也。有人說，「這正是南方人之所以爲南方人」，我想，這話也有理。茶房之於客人，雖也「不肯輸在嘴上」，但全是玩弄的態度，動真氣的似乎很少；而且你愈動真氣，他倒愈可以玩弄你。這大約因爲對於客人，是以他們的團體爲靠山的；客人總是孤單的多，他們「倚眾欺」起來，不怕你不就範的：所以用不著動真氣。而且萬一吃了客人的虧，那也必是許多同伴陪著他同吃的，不是一個人失了面子：又何必動真氣呢？剋實說來，客人要他們動真氣，還不夠資格哪！至於他們同伴間的爭執，那才是切身的利害，而且單槍匹馬做去，毫無可恃的現成的力量；所以便是小題，也不得不大做了。

茶房若有向客人微笑的時候，那必是收酒資的幾分鐘了。酒資的數目照理雖無一定，但卻有不成文的譜。你按著譜斟酌給與，雖也不能得著一聲「謝謝」，但言語的壓迫是不會來的了。你若給得太少，離譜太遠，他們會始而嘲你，繼而罵你，你還得加錢給他們；其實既受了罵，大可以不加的了，但事實上大多數受罵的客人，懾於他們的威勢，總是加給他們的。加了以後，還得聽許多嘮叨才罷。有一回，和我同船的一個學生，本該給一元錢的酒資的，他只給了小洋四角。茶房狠狠力爭，終不得要領，於是說：「你好帶回去做車錢吧！」將錢向鋪上一擲，忿然而去。那學生後來終於添了一些錢重交給他；他這才默然拿走，面孔仍是板板的，若有所不屑然。——付了酒資，便該打鋪蓋了；這時仍是要慢慢來的，一急還是要受教訓，雖然你已給過酒資了。鋪蓋打好以後，茶房的壓迫才算是完了，你再預備受碼頭工人和旅館茶房的壓迫吧。

我原是聲明了敘述通州輪船中事的，但卻做了一首「詛茶房文」；在這裏，我似乎有些自己矛盾。不，「天下老鴉一般黑」，我們若很謹慎的將這句話只用在各輪船裏的寧波茶房身上，我想是不會悖謬的。所以我雖就一般立說，通州輪船的茶房卻已包括在內；特別指明與否，是無關重要的。

你
我

「海闊天空」與「古今中外」

有一天，我和一位新同事閒談。我偶然問道：「你第一次上課，講些什麼？」他笑著答我，「我古今中外了一點鐘！」他這樣說明事實，且示謙遜之意。我從來不曾想到「古今中外」一個詞可以作動詞用，並且可以加上「了」字表時間的過去；驟然聽了，很覺新鮮，正如吃剛上市的廣東蠶豆。隔了幾日，我用同樣的問題問另一位新同事。他卻說道：「海闊天空！海闊天空！」我原曉得「海闊憑魚躍，天空任鳥飛」的聯語，——是在一位同學家的廳堂裏常常看見的——但這樣的用法，卻又是第一次聽到！我真高興，得著兩個新鮮的意思，讓我對於生活的方法，能觸類旁通地思索一回。

黃遠生在《東方雜誌》上曾寫過一篇《國民之公毒》，說中國人思想籠統的弊病。他舉小說裏的例，文的必是琴棋書畫無所不曉，武的必是十八般武藝件件精通！我想，他若舉《野叟曝言》裏的文素臣，《九尾龜》裏的章秋谷，當更適宜，因爲這兩個都是文武全才！好一個文武「全」才！這「全」字兒竟成了「國民之公毒」！我們自古就有那「博學無所成名」的「大成至聖先師」，又有「一物不知，儒者之恥」的傳統的教訓，還有那「談天雕龍」的鄒衍之流，所以流風餘韻，扇播至今；大家變本加厲，以爲凡是大好老必「上知天文，下識地理」，而「中學爲體，西學爲用」便是這大好老的另一面。「籠統」固然是「全」，「鉤通」「調和」也正是「全」呀！「全」來

「全」去，「全」得烏煙瘴氣，一場糊塗！你瞧西洋人便聰明多了，他們悄悄地將「全知」「全能」送給上帝，決不想自居「全」名；所以處處「算帳」，刀刀見血，一點兒不含糊！——他們不懂得那八面玲瓏的勁兒！

但是王爾德也說過一句話，貌似我們的公毒而實非；他要「吃盡地球花園裏的果子」！他要享樂，他要盡量地享樂！他什麼都不管！可是他是「人」，不像文素臣、章秋谷輩是妖怪；他是呆子，不像鉤通中西者流是滑頭。總之，他是反傳統的。他的話雖不免誇大，但不如中國傳統思想之甚；因為只說地而不說天。況且他只是「要」而不是「能」，和文素臣輩又是有別；「要」在人情之中，「能」便出人情之外了！「全知」，「全能」，或者真只有上帝一個；但「全」的要求是誰都有權利的——有此要求，才成其為「人生」！——還有易卜生「全或無」的「全」，那卻是一把鋒利的鋼刀；因為是另一方面的，不具論。

但王爾德的要求專屬於感覺的世界，我總以為太單調了。人生如萬花筒，因時地的殊異，變化不窮，我們要能多方面的瞭解，多方面的感受，多方面的參加，才有真趣可言；古人所謂「胸襟」，「襟懷」，「襟度」，略近乎此。但「多方面」只是概括的要求：究竟能有若干方面，卻因人的才力而異——我們只希望多多益善而已！這與傳統的「求全」不同，「便是暗中摸索，也可知道吧」。這種胸襟——用此二字所能有的最廣義——若要具體地形容，我想最好不過是採用我那兩位新同事所說的：「海闊天空」與「古今中外」！我將這兩個兼詞用在積極的意義上，或者更對得起它們些。——「古今中外」原是罵人的話，初見於《新青年》上，是錢玄同（？）先生造作的。後來周作人先生有一篇雜感，卻用它的積極的意義，大概是論知識上的寬容的；但這是兩三年前的事了，我於那篇文的內容已模糊了。

法朗士在他的《靈魂之探險》裏說：

人之永不能跳出己身以外，實一真理，而亦即吾人最大苦惱之一。苟能用一八方觀察之蒼蠅視線，觀覽宇宙，或能用一粗魯而簡單之猿猴的腦筋，領悟自然，雖僅一瞬，吾人何所惜而不為？乃於此而竟不能焉。……吾人被錮於一身之內，不啻被錮於永遠監禁之中。（據楊袁昌英女士譯文，見《太平洋》四卷四號。）

藹理斯在他的《感想錄》中《自己中心》一則裏也說：

我們顯然都從自己中心的觀點去看宇宙，看重我們自己所演的腳色。（見《語絲》第十三期。）

這兩種「說數」，我們可總稱為「我執」——卻與佛法裏的「我執」不同。一個人有他的身心，與眾人各異；而身心所從來，又有遺傳，時代，周圍，教育等等，尤其五花八門，千差萬別。這些合而織成一個「我」，正如密密的魔術的網一樣；雖是無形，而實在是清清楚楚，不易或竟不可逾越的界。於是好的劣的，乖的蠢的，村的俏的，長的短的，肥的瘦的，各有各的樣兒，都來了。「把戲人人會變，各有巧妙不同」；正因各人變各人的把戲，才有了這大千世界呀。說到各人只會變自己的一套把戲，而且只自以爲巧妙，自然有些：「可憐而可氣」；「謂天蓋高」，「謂地蓋厚」，區區的「我」，真是何等區區呢！但是——哎呀，且住！虧得尚有「巧妙不同」一句注腳，還可上下其手一番；這「不同」二字正是靈丹妙藥，千萬不可忽略過去！我們的「我執」，是由命運所決定，其實無法挽回；只有一層，「我」決不是由一架機器鑄出來的，決不是從一副印板刷下來的，這其間有種種的不同，上文已約略又約略地拈出了——現在再要拈出一種不同：「我」之廣狹是懸殊的！「我執」誰也免不了，也無須免得了，但所執有大有小，有深有淺，這其間卻大有文章；所謂上下其手，正指此一關而言。

你想「頂天立地」是一套把戲，是一個「我」，「局天蹐地」，或說「局促如轅下駒」，如井底蛙，如磨坊裏的驢子，也是一套把戲，也是一個「我」！這兩者之間，相差有多少遠呢？說得簡截些，一是天，一是地；說得嚕蘇些，一是九霄，一是九淵；說得新鮮些，一是太陽，一是地球！世界上有些人讀破萬卷書，有些人遊遍萬里地，乃至達爾文之創進化說，恩斯坦之創相對原理；但也有些人伏處窮山僻壤，一生只關在家裏，親族鄰里之外，不曾見過人，自己方言之外，不曾聽過話——天球，地球，固然與他們無干，英國，德國，皇帝，總統，金鏡，銀洋，也與他們絲毫無涉！他們之所以異於磨坊的驢子者，真是「幾希」！也只是蒙著眼，整天兒在屋裏繞彎兒，日行千里，足不出戶而已。

你可以說，這兩種人也只是一樣，橫直跳不出如來佛——「自己！」——的掌心；他們都坐在「自己」的監裏，盤算著「自己」的重要呢！是的，但你知道這兩種人決不會一樣！你我跳不出如來佛的掌心，孫悟空也跳不出他老人家的掌心；但你我能翻十萬八千里的筋斗麼？若說不能，這就不一樣了！「不能」儘管「不能」，「不同」仍舊「不同」呀。你想天地是怎樣怎樣的廣大，怎樣怎樣的悠久！若用數字計算起來，只怕你畫一整天的圈兒，也未必能將數目裏所有的圈兒都畫完哩！在這樣的天地的全局裏，地球已若一微塵，人更數不上了，只好算微塵之微塵吧！人是這樣小，無怪乎只能在「自己」裏繞圈兒。但是能知道「自己」的小，便是大了；最要緊是在小中求大！長子裏的矮子到了矮子中，便是長子了，這便是小中之大。我們要做矮子中的長子，我們要盡其所能地擴大我們自己！我們還是變自己的把戲，但不僅自以為巧妙，還須自以為「比別人」巧妙；我們不但可在內地開一班小雜貨鋪，我們要到上海去開先施公司！

「我」有兩方面，深的和廣的。「自己中心」可說是深的一面；哲學家說的「自知」（「Knowest thyself」），道德學家說的「自私」——「利己」，也都可算入這一面。如何使得我的身子好？如何使得我的腦子好？我懂得些什麼？我喜愛些什麼？我做出些什麼？我要些什麼？怎樣得到我所要的？怎樣使我成為他們之中一個最重要的腳色？這一大串兒的疑問號，總可將深的「我」的面貌的輪廓說給你了；你再「自個兒」去內省一番，就有八九分數了。但你馬上也就會發見，這深深的「我」並非獨自個兒待著，它還有個親親兒的，熱熱兒的伴兒哩。它倆你摟著我，我摟著你；不知誰給它們縛上了兩隻腳！就像三足競走一樣，它倆這樣永遠地難解難分！你若要開玩笑，就說它倆「狼狽為奸」，它倆亦無法自辯的。——可又來！究竟這伴兒是誰呢？這就是那廣的「我」呀！

我不是說過麼？知道世界之大，才知道自己之小！所以「自知」必先要「知他」。兵法有云：「知己知彼，百戰百勝。」可以旁證此理。原來「我」即在世界中；世界是一張無大不大的大網，「我」只是一個極微極微的結子；一髮尚且會牽動全身，全網難道倒不能牽動一個細小的結子麼？實際上，「我」是「極天下之賾」的！「自知」而不先「知他」，只是聚在方隅，老死不相往來的辦法；只是「不可以語冰」的「夏蟲」，井底蛙，磨坊裏的驢子之流而已。能夠「知他」，才真有「自知之明」；正如鐵扇公主的扇子一樣，要能放才能收呀。所知愈多，所接愈廣；將「自己」散在天下，滲入事事物物之中看它的大小方圓，看它的輕重疏密，這才可以剖析毫芒地漸漸漸漸地認出「自己」的真面目呀。俗語說：「把你燒成了灰，我都認得你！」我們正要這樣想：先將這個「我」一拳打碎了，碎得成了灰，然後隨風颺舉，或飄茵席之上，或墮溷廁之中，或落在老鷹的背上，或跳在珊瑚樹的梢上，或藏在愛人的鬢邊，或沾在關雲長的髯子裏，……然後再收灰入掌，摶灰成形，自然便鬚眉畢現，光采照人，不似初時「渾沌初開」的情景了！所以深的「我」即在廣的「我」中，而無深的「我」，廣的「我」亦無從立腳；這是不做矮子，也不吹牛的道地老實話，所謂有限的無窮也。

在有限中求無窮，便是我們所能有的自由。這或者是「野馬以被騎乘的自由為更多」的自由，或者是「和豬有飛的自由一樣」；但自由總和不自由不同，管他是白的，是黑的！說「豬有飛的自由」，在半世紀前，正和說「人有飛的自由」一樣。但半世紀後的我們，已可見著自由飛著的人了，雖然還是要在飛機或飛艇裏。你或者冷笑著說，有所待而然！有所待而然！至多仍舊是「被騎乘的自由」罷了！但這算什麼呢？鳥也要靠翼翅的呀！況且還有將來呢，還有將來的將來呢！就如上文所引法朗士的話：「倘若我們能夠一剎那間用了蒼蠅的多面的眼睛去觀察天地……」目下誠然是做不到的，但竟有人去企圖了！我曾見過一冊日本文的書，——記得是《童謠の綴方》，卷首有一幅彩圖，下面題著《蒼蠅眼中的世界》（大意）。圖中所有，極其光怪陸離；雖明知蒼蠅眼中未必即是如此，而頗信其如此——自己彷彿飄飄然也成了一匹小小的蒼蠅，陶醉在那奇異的世界中了！這樣前去，誰能說法朗士的「倘若」永不會變成「果然」呢！——「語絲」拉得太長了，總而言之，統而言之，我們只是要變比別人巧妙的把戲，只是要到上海去開先施公司；這便是我們所能有的自由。

「秀才不出門，能知天下事。」這種或者稍嫌舊式的了；那麼，來個新的，「看世界面上」，我們來做個「世界民」吧——「世界民」（Cosmopolitan）者，據我的字典裏說，是「無定居之人」，又有

「瀰漫全世界」，「世界一家」等義；雖是極簡單的解釋，我想也就夠用，恕不再翻那笨重的大字典了。

我「海闊天空」或「古今中外」了九張稿紙；盡繞著圈兒，你或者有些「頭痛」吧？「只聽樓板響，不見人下來！」你將疑心開宗明義第一節所說的「生活的方法」，我竟不曾「思索」過，只冤著你，「青山隱隱水迢迢」地逗著你玩兒！不！不！別著急，這就來了也。既說「海闊天空」與「古今中外」，又要說什麼「方法」，實在有些兒像左手望外推，右手又趕著望裏拉，豈不可笑！但古語說得好，「大丈夫能屈能伸」，我正可老著臉借此解嘲；況且一落言詮，總有邊際，你又何苦斤斤較量呢？況且「方法」雖小，其中也未嘗無大；這也是所謂「有限的無窮」也。說到「無窮」，真使我爲難！方法也正是千頭萬緒，比「一部十七史」更難得多多；雖說「大處著眼，小處下手」，但究竟從何處下手，卻著實費我躊躇！——有了！我且學著那李逵，從黑松林裏跳了出來，揮動板斧，隨手劈他一番便了！我就是這個主意！李逵決非吳用；當然不足語於絲絲入扣的謹嚴的論理的！但我所說的方法，原非斗膽爲大家開方案，只是將我所喜歡用的東西，獻給大家看看而已。這只是我的「到自由之路」，自然只是從我的趣味中尋出來的；而在大宇長宙之中，無量數的「我」之內，區區的我，真是何等區區呢？而且我「本人」既在企圖自己的放大，則他日之趣味，是否即今日之趣味，也殊未可知。所以此文也只是我姑妄言之，你姑妄聽之；但倘若看了之後，能自己去思索一番，想出真個巧妙的方法，去做個「海闊天空」與「古今中外」的人，那時我雖覺著自己更是狹窄，非另打主意不可，然而總很高興了；我將仰天大笑，到草帽從頭上落下爲止。

其實關於所謂「方法」，我已露過些口風了：「我們要能多方面的瞭解，多方面的感受，多方面的參加，才有真趣可言。」

我現在做著教書匠。我做了五年教書匠了，真個膩得慌！黑板總是那樣黑，粉筆總是那樣白，我總是那樣的我！成天兒渾渾淘淘的，有時對於自己的活著，也會驚詫。我想我們這條生命原像一灣流水，可以隨意變成種種的花樣；現在卻築起了堰，截斷它的流，使它怎能不變成渾淘淘呢？所以一個人老做一種職業，老只覺著是「一種」職業，那真是一條死路！說來可笑，我是常常在想改業的；正如未來派劇本說的「換個丈夫吧」，我也不時地提著自己，「換個行當吧！」我不想做官，但很想知道官是怎樣做的。這不是一件容易事！《官場現形記》所形容的究竟太可笑了！況且現在又換了世界！《努力週刊》的記者在王內閣時代曾引湯爾和——當時的教育總長——的話：「你們所論的未嘗無理；但我到政府裏去看看，全不是那麼一回事！」（大意）「全不是那麼一回事！」可見不入虎穴，焉得虎子！我於是想做個秘書，去看看官到底是怎樣做的？因秘書而想到文書科科員：我想一個人賺了大錢，成了資本家，不知究竟是怎樣活著的？最要緊，他是怎樣想的？我們只曉得他有汽車，有高大的洋房，有姨太太，那是不夠的。——由資本家而至於小夥計，他們又怎樣度他們的歲月？銀行的行員盡愛買馬票，當鋪的朝奉盡愛在夏天打赤膊——其餘的，其餘的我便有些茫茫了！我們初到上海，總要到大世界去一回。但上海有個五光十色的商世界，我們怎可不去逛逛呢？我於是想做個什麼公司裏的文書科科員，嘗些商味兒。上海不但有個商世界，還有個新聞世界。我又想做個新聞記者，可以多看些稀奇古怪的人，稀奇古怪的事。此外我想做的事還多！戴著齷齪的便帽，穿著藍布衫褲的工人，拖著黃泥腿，銜著旱煙管的農人，扛著槍的軍人，我都想做做他們的生活看。可是談何容易；我不是上帝，究竟是沒有把握的！這些都是非分的妄想，豈不和癩蛤蟆想吃天鵝肉一樣！——話雖如此；「不問收獲，只問耕耘」，也未嘗不是一種解嘲的辦法。況且退一萬步講，能夠這樣想想，也未嘗沒有淡淡的味兒，和「加力克」香煙一樣的味兒。況且我們的上帝萬一真個吝惜他的機會，我也想過了：我從今日今時起，努力要在「黑白生涯」中找尋些味兒，不像往日隨隨便便地上課下課，想來也是可以的！義大利Amicis的《愛的教育》裏說有一位先生，在一個小學校裏做了六十年的先生；年老退職之後，還時時追憶從前的事情：一閉了眼，就像有許多的孩子，許多的班級在眼前；偶然聽到小孩的書聲，便悲傷起來，說：「我已沒有學校沒有孩子了！」可見天下無難事，只怕有心人！但我一面羨慕這位可愛的先生，一面總還打不斷那些妄想；我的心不是一條清靜的蔭道，而是十字街頭呀！

我的妄想還可以減價；自己從不能做「諸色人等」，卻可以結交「諸色人等」的朋友。從他們的生活裏，我也可以分甘共苦，多領略些人味兒；雖然到底不如親自出馬的好。《愛的教育》裏說：「只在一階級中交際的人，恰和只讀一冊書籍的學生一樣。」真是「有理呀有理」！現在的青年，都喜歡結識幾個女朋友；一面固由於性的吸引，一面也正是要潤澤這乾枯而單調的生活。我的一位先生曾經和我們說：他有一位朋友，新從外國回到北京；待了一個多月，總覺有一件事使他心裏不舒暢，卻又說不出是什麼事。後來有一天，不知怎樣，竟被他發見了：原來北京的街上太缺乏女人！他覺得這樣的生活，實在乾燥無味！但單是女朋友，我覺得還是不夠；我又常想結識些小孩子，做我的小朋友。有人說和孩子們作伴，和孩子們共同生活，會使自己也變成一個孩子，一個大孩子；所以小學教師是不容易老的。這話頗有趣，使我相信。我去年上半年和一位有著童心的朋友，曾約了附近一所小學校的學生，開過幾回同樂會；大家說笑話，講故事，拍七，吃糖果，看畫片，都很高興的。後來暑假期到了，他們還抄了我們的地址，說要和我們通信呢。不但學齡兒童可以做我的朋友，便是幼稚園裏的也可以的，而且更加有趣哩。且請看這一段：

終於，母親逃出了庭間了。小孩們追到欄柵旁，臉擋住了柵縫，把小手伸出，紛紛地遞出麵包呀，蘋果片呀，牛油塊等東西來。一齊叫說：

「再會，再會！明天再來，再請過來！」

（見《愛的教育》譯本第七卷內《幼兒院》中。）

倘若我有這樣的小朋友，我情願天天去呀！此外，農人，工人，也要相與些才好。我現在住在鄉下，常和鄰近的農人談天，又曾和他們喝過酒，覺得另有些趣味。我又曉得在北京，上海的我的朋友的朋友，每天總找幾個工人去談天；我且不管他們談的什麼，只覺每天換幾個人談談，是很使人新鮮的。若再能交結幾個外國朋友，那是更別致了。從前上海中華世界語學會教人學世界語，說可以和各國人通信；後來有人非議他們，說世界語的價值豈就是如此的！非議誠然不錯。但與各國人通信，到底是一件有趣的事呀！——還有一件，自己的妻和子女，若在別一方面作爲朋友看時，也可得著新的啓示的。不信麼？試試看！

若你以爲階級的障壁不容易打破，人心的隔膜不容易揭開；你於是皺著眉，咂著嘴，說：「要這樣地交朋友，真是千難萬難！」是的；但是——你太小看自己了，那裏就這樣地不濟事！也罷，我還有一套便宜些的變給你瞧瞧；這就叫做「知人」呀。交不著朋友是沒法的，但曉得些別人的「閒事」，總可以的；只須不盡著去自掃門前雪，而能多管些一般人所謂「閒事」，就行了。我所謂「多管閒事」，其實只是「參加」的別名。譬如前次上海日本紗廠工人大罷工，我以爲是要去參加的；或者幫助他們，或者只看看那激昂的實況，都無不可。總之，多少知道了他們，使自己與他們間多少有了關係，這就得了。又如我的學生和報館打官司，我便要到法庭裏去聽審；這樣就可知道法官和被告是怎樣的人了。又如吳稚暉先生，我本不認識的；但聽過他的講演，讀過他的書，我便能約略曉得他了。——讀書真是巧算盤！不但可以知今人，且可以知古人；不但可以知中國人，且可以知洋人。同樣的巧算盤便是看報！看報可以遇著許多新鮮的問題，引起新鮮的思索。譬如共產黨加入國民黨，究竟是利用呢，還是聯合作戰呢？孫中山先生若死在「段執政」自己誇詡的「革命」之前，曹錕當國的時候，一班大人，老爺，紳士乃至平民，會不會（姑不說「敢不敢」）這樣「熱誠地」追悼呢？黃色的班禪在京在滬，爲什麼也會受著那樣「熱誠的」歡迎呢？英國退還庚子賠款，始而說「用於教育的目的」，繼而說「用於相互有益之目的」，——於是有該國的各工業聯合會建議，痛斥中國教育之無效，主張用此款築路——繼而又說用於中等教育；真令人目迷五色，到底他們什麼葫蘆裏賣什麼藥呢？德國新總統爲什麼會舉出興登堡將軍，後事又如何呢？還有，「一夫多妻的新護符」和「新性道德」究竟是一是二呢？歐陽予倩的《回家以後》，到底是不是提倡東方道德呢？——這一大篇帳都是從報上「過」過來的，毫不稀奇；但可以證明，看報的確是最便宜的辦法，可以知道許多許多的把戲。

旅行也是刷新自己的一帖清涼劑。我曾做過一個設計：四川有三峽的幽峭，有棧道的蜿蜒，有峨嵋的雄偉，我是最嚮慕的！廣東我也想去得長久了。乘了香港的上山電車，可以「上天」；而廣州的市政，長堤，珠江的繁華，也使我心癢癢的！由此而北，蒙古的風沙，的牛羊，的天幕，又在招邀著我！至於紅牆黃土的北平，六朝煙水氣的南京，先施公司的上海，我總算領略過了。這樣遊了中國以後，便跨出國門：到日本看她的櫻花，看她的富士；到俄國看列寧的墓，看第三國際的開會；到德國訪康得的故居，聽《月光曲》的演奏；到美國瞻仰巍巍的自由神和世界第一的大望遠鏡。再到南美洲去看看那莽莽的大平原，到南非洲去看看那茫茫的大沙漠，到南洋群島去看看那鬱鬱的大森林——於是浩然歸國；若有機緣，再到北極去探一回險，看看冰天雪海，到底如何，那更妙了！梁紹文說得有理：

我們不贊成別人整世的關在一個地方而不出來和世界別一部分相接觸，倘若如此，簡直將數萬里的地球縮小到數英哩，關在那數英哩的圈子內就算過了一生，這未免太不值得！所以我們主張：能夠遍遊全世界，將世界上的事事物物都放在腦筋裏的熾爐中鍛煉一過，然後才能成為一種正確的經驗，才算有世界的眼光。

（《南洋旅行漫記》上冊二五三頁。）

但在一錢不名的窮措大如我輩者，這種設計恐終於只是「過屠門而大嚼」而已；又怎樣辦呢？我說正可學胡，梁二先生開國學書目的辦法，不妨隨時酌量核減；只看能力如何。便是真個不名一錢，也非全無法想。聽說日本的誰，因無錢旅行，便在室中繞著圈兒，口裏只是叫著，某站到啦，某埠到啦；這樣也便過了癮。這正和孩子們攙瞎子一樣：一個蒙了眼做瞎子，一個在前面用竹棒引著他，在室中繞行；這引路的盡喊著到某處啦，到某處啦的口號，彼此便都滿足。正是，精神一到，何事不成！這種人卻決非磨坊裏的驢子：他們的足雖不出戶，他們的心盡會日行千里的！

說到心的旅行，我想到《文心雕龍·神思篇》說的：

古人云：「形在江海之上，心存魏闕之下。」神思之謂也。……故寂然凝慮，思接千載；悄然動容，視通萬里……

羅素論「哲學的價值」，也說：

保存宇宙內的思辨（玄想）之興趣，……總是哲學事業的一部。

或者它的最要之價值，就是它所潛思的對象之偉大，結果，便解脫了偏狹的和個人的目的。

哲學的生活是幽靜的，自由的。

本能利益的私世界是一個小的世界，擱在一個大而有力的世界中間，遲早必把我們私的世界，磨成粉碎。

我們若不擴大自己的利益，匯涵那外面的整個世界，就好像一個兵卒困在炮臺裏邊，知道敵人不准逃跑，投降是不可避免的一樣。

哲學的潛思就是逃脫的一種法門。

（摘抄黃凌霜譯《哲學問題》第十五章）

所謂神思，所謂玄想之興味，所謂潛思，我以為只是三位一體，只是大規模的心的旅行。心的旅行決不以現有的地球為限！到火星去的不是很多麼？到太陽去的不也有麼？到太陽系外，和我們隔著三十萬光年的星上去的不也有麼？這三十萬光年，是美國南加州威爾遜山絕頂上，口徑百吋之最大反射望遠鏡所能觀測的世界之最遠距離。「換言之，現在吾人一目之下所望見之世界，不僅現在之世界而已，三十餘萬年之大過去以來，所有年代均同時見之。歷史家嘗謂吾人由書籍而知過去，直忘卻吾人能直接而見過去耳。」吾人固然能直接而見過去，由書籍而見過去，還能由岩石地層等而見過去，由骨殖化石等而見過去。目下我們所能見的過去，真是悠久，真是偉大！將現在和它相比，真是大海裏一根針而已！姑舉一例：德國的誰假定地球的歷史為二十四點鐘，而人類有歷史的時期僅為十分鐘；人類有歷史已五千年了，一千年只等於二分鐘而已！一百年只等於十二秒鐘而已！十年只等於一又十分之二秒而已！這還是就區區的地球而論呢。若和全宇宙的歷史（人能知道麼？）相較量，那簡直是不配！又怎樣辦呢？但毫不要緊！心盡可以旅行到未曾凝結的星雲裏，到大爬蟲的中生代，到類人猿的腦筋裏；心究竟是有些兒自由的。不過旅行要有嚮導；我覺《最近物理學概觀》，《科學大綱》，《古生物學》，《人的研究》等書都很能勝任的。

心的旅行又不以表面的物質世界為限！它用實實在在的一枝鋼筆，在實實在在的白瑞典紙簿上一張張寫著日記；它馬上就能看出鋼筆與白紙只是若干若干的微點，叫做電子的——各電子間有許多的空隙，比各電子的總積還大。這正像一張「有結而無線的網」，只是這麼空空的；其實說不上什麼「一枝」與「一張張」的！這麼看時，心便旅行到物質的內院，電子的世界了。而老的物質世界只有三根臺柱子（三次元），現在新的卻添上了一根（四次元）；心也要去逛逛的。心的旅行並且不以物質世界為限！精神世界是它的老家，不用說是常常光顧的。意識的河流裏，它是常常駛著一隻小船的。但這個年頭兒，世界是越過越多了。用了坐標軸作地基，豎起方程式的柱子，架上方程式的梁，蓋上幾何形體的瓦，圍上幾何形體的牆，這是數學的世界。將各種「性質的共相」（如「白」「頭」等概念）分門別類地陳列在一個極大的彎彎曲曲，層層疊疊的場上；在它們之間，再點綴著各種「關係的共相」（如「大」「類似」「等於」等概念）。這是論理的世界。將善人善事的模型和惡人惡事的分門別類陳列著的，是道德的世界。但所謂「模型」，卻和城隍廟所塑「二十四孝」的像與十王殿的像絕不相同。模型又稱規範，如「正義」，「仁愛」，「奸邪」等是——只是善惡的度量衡也；道德世界裏，全擺著大大小小的這種度量衡。還是藝術的世界，東邊是音樂的旋律，西邊是跳舞的曲線，南邊是繪畫的形色，北邊是詩歌的情韻。——心若是好奇的，它必像唐三藏經過三十六國一樣，一一經過這些國土的。

更進一步說，心的旅行也不以存在的世界為限！上帝的樂園，它是要去的；閻羅的十殿，它也是要去的。愛神的弓箭，它是要看看的；孫行者的金箍棒，它也要看看的。總之，神話的世界，它要穿上夢的鞋去走一趟。它從神話的世界回來時，便道又可遊玩童話的世界。在那裏有蒼蠅目中的天地，有永遠不去的春天；在那裏鳥能唱歌，水也能唱歌，風也能唱歌；在那裏有著靴的貓，有在背心裏掏出表來的兔子；在那裏有水晶的宮殿，帶著小白翼子的天使。童話的世界的那邊，還有許多鄰國，叫做烏托邦，它也可迂道一往觀的。姑舉一二給你看看。你知道吳稚暉先生是崇拜物質文明的，他的烏托邦自然也是物質文明的。他說，將來大同世界實現時，街上都該鋪大紅緞子。他在春暉中學校講演時，曾指著「電燈開關」說：

科學發達了，我們講完的時候，嗶啼叭嗟幾聲，要到房裏去的就到了房裏，要到寧波的就到了寧波，要到杭州的就到了杭州：這也算不來什麼奇事。

（見《春暉》二十九期。）

呀！嗶啼叭嗟幾聲，心已到了鋪著大紅緞子的街上了！——若容我借了法朗士的話來說，這些正是「靈魂的冒險」呀。

上面說的都是「大頭天話」，現在要說些小玩意兒，新新耳目，所謂能放能收也。我曾說書籍可作心的旅行的嚮導，現在就談讀書吧。周作人先生說他目下只想無事時喝點茶，讀點新書。喝茶我是無可無不可，讀新書卻很高興！讀新書有如幼時看西洋景，一頁一頁都有活鮮鮮的意思；又如到一個新地方，見一個新朋友。讀新出版的雜誌，也正是如此，或者更鬧熱些。讀新書如吃時鮮鮒魚，讀新雜誌如到惠羅公司去看新到的貨色。我還喜歡讀冷僻的書。冷僻的書因爲冷僻的緣故，在我覺著和新書一樣；彷彿旁人都不熟悉，只我有此眼福，便高興了。我之所以喜歡搜閱各種筆記，就是這個緣故。尺牘，日記等，也是我所愛讀的；因爲原是隨隨便便，老老實實地寫來，不露咬牙切齒的樣子，便更加親切，不知不覺將人招了入內。

同樣的理由，我愛讀野史和逸事；在它們裏，我見著活潑潑的真實的人。——它們所記，雖只一言一動之微，卻包蘊著全個的性格；最要緊的，包蘊著與眾不同的趣味。舊有的《世說新語》，新出的《歐美逸話》，都曾給我滿足。我又愛讀遊記；這也是窮措大替代旅行之一法，從前的雅人叫做「臥遊」的便是。從遊記裏，至少可以「知道」些異域的風土人情；好一些，還可以培養些異域的情調。前年在溫州師範學校圖書館中，翻看《小方壺齋輿地叢鈔》的目錄，裏面全（？）是遊記，雖然已是過時貨，卻頗引起我的嚮往之誠。「這許多好東西喲！」盡這般地想著；但終於沒有勇氣去借來細看，真是很可恨的！後來《徐霞客遊記》石印出版，我的朋友買了一部，我又欲讀不能！近頃《南洋旅行漫記》和《山野掇拾》出來了，我便趕緊買得，復仇似地讀完，這才舒服了。

我因爲好奇，看報看雜誌，也有特別的脾氣。看報我總是先看封面廣告的。一面是要找些新書，一面是要找些新聞；廣告裏的新聞，雖然是不正式的，或者算不得新聞，也未可知，但都是第一身第二身的，有時比第三身的正文還值得注意呢。譬如那回中華製糖公司董事的互訐，我看得真是熱鬧煞了！又如「印送安士全書」的廣告，「讀報至此，請念三聲阿彌陀佛」的廣告，真是「好聰明的糊塗法子」！看雜誌我是先查補白，好尋著些輕鬆而雋永的東西：或名人的趣語，或當世的珍聞，零金碎玉，更見異彩！——請看「二千年前玉門關外一封情書」，「時新日角戲」等標題便知分曉。

我不是曾恭維看報麼？假如要參加種種趣味的聚會，那也非看報不可。譬如前一兩星期，報上登著世界短跑家要在上海試跑；我若在上海，一定要去看看跑是如何短法？又如本月十六日上海北四川路有洋狗展覽會，說有四百頭之多；想到那高低不齊的個兒，松密互映，純駁爭輝的毛片，或嘤嘤或嗚嗚或汪汪的吠聲，我也極願意去的。又我記得在《上海七日刊》（？）上見過一幅法國兒童同樂會的攝影。攝影中濟濟一堂的滿是兒童——這其間自然還有些抱著的母親，領著的父親，但不過二三人，容我用了四捨五入法，將他們略去吧。那前面的幾個，豐腴圓潤的龐兒，覆額的短髮，精赤的小腿，我現在還記著呢。最可笑的，高高的房子，塞滿了這些兒童，還空著大半截，大半截；若塞滿了我們，空氣一定是沒有那麼舒服的，便宜了空氣了！這種聚會不用說是極使我高興的！只是我便在上海，也未必能去；說來可恨恨！這裏卻要引起我別的感慨，我不說了。

此外如音樂會，繪畫展覽會，我都樂於赴會的。四年前秋天的一個晚上，我曾到上海市政廳去聽「中西音樂大會」；那幾支廣東小調唱得真入神，靡靡是靡靡到了極點，令人歡喜讚嘆！而歌者隱身幕內，不露一絲色相，尤動人無窮之思！繪畫展覽會，我在北京，上海也曾看過幾回。但都像走馬看花似的，不能自知冷暖——我真是太外行了，只好慢慢來吧。我卻最愛看跳舞。五六年前的正月初三的夜裏，我看了一個義大利女子的跳舞：黃昏的電燈光映著她裸露的微紅的兩臂，和游泳衣似的粉紅的舞裝；那腰真軟得可憐，和麥粉搓成的一般。她兩手擎著小小的鈸，鈸孔裏拖著深紅布的提頭；她舞時兩臂不住地向各方扇動，兩足不住地來往跳躍，鈸聲便不住地清脆地響著——她舞得如飛一樣，全身的曲線真是瞬息萬變，轉轉不窮，如閃電吐舌，如星星眨眼；使人目眩心搖，不能自主。我看過了，恍然若失！從此我便喜歡跳舞。前年暑假時，我到上海，剛碰著卡爾登影戲院開演跳舞片的末一晚，我沒有能去一看。次日寫信去「特煩」，卻如泥牛入海；至今引為憾事！

我在北京讀書時，又頗愛聽舊戲；因為究竟是「外江」人，更愛聽旦角戲，尤愛聽尚小雲的戲，——但你別疑猜，我卻不曾用這枝筆去捧過誰。我並不懂戲詞，甚至連情節也不甚仔細，只愛那宛轉淒涼的音調和楚楚可憐的情韻。我在理論上也左袒新戲，但那時的北京實在沒有可稱為新戲的新戲給我看；我的心也就漸漸冷了。南歸以後，新戲固然和北京是「一丘之貉」，舊戲也就每況愈下，毫無足觀。我也看過一回機關戲，但只足以廣見聞，無深長的趣味可言。直到去年，上海戲劇協社演《少奶奶的扇子》，朋友們都說頗有些意思——在所曾寓目的新戲中，這是得未曾有的。又實驗劇社演《葡萄仙子》，也極負時譽；黎明輝女士所唱「可憐的秋香」一句，真是膾炙人口——便是不曾看過這戲的我，聽人說了此句，也會有「一種薄醉似的感覺，超乎平常所謂舒適以上」。——《少奶奶的扇子》，我也還無一面之緣——真非到上海去開先施公司不可！上海的朋友們又常向我稱述影戲；但我之於影戲，還是「豬八戒吃人參果」呢！也只好慢慢來吧。

說起先施公司，我總想起惠羅公司。我常在報紙的後幅看見他家的廣告，滿幅畫著新貨色的圖樣，真是日本書店裏所謂「誘惑狀」了。我想若常去看看新貨色，也是一樂。最好能讓我自由地鑒賞地看一回；心愛的也不一定買來，只須多多地，重重地看上幾眼，便可權當占有了——朋友有新東西的時候，我常常把玩不肯釋手，便是這個主意。

若目下不能到上海去開先施公司，或到上海而無本錢去開先施公司，則還有個經濟的辦法，我現在正用著呢。不過這種辦法，便是開先施公司，也可同時採用的；因爲我們原希望「多多益善」呀。現在我所在的地方，是沒有繪畫展覽會；但我和人家借了左一冊右一冊的攝影集，畫片集，也可使我的眼睛飽餐一頓。我看見「群羊」，在那淡遠的曠原中，披著乳一樣白，絲一樣軟的羽衣的小東西，真和浮在淺淺的夢裏的仙女一般。我看見「夕雲」，地上是疏疏的樹木，偃蹇欹側作勢，彷彿和天上的亂雲負固似的；那雲是層層疊疊的，錯錯落落的，斑斑駁駁的，使我覺得天是這樣厚，這樣厚的！我看見「五月雨」，是那般濛濛密密的一片，三個模糊的日本女子，正各張著有一道白圈兒的紙傘，在台階上走著，走上一個什麼壇去呢；那邊還有兩個人，卻只剩了影兒！我看見「現在與未來」；這是一個人坐著，左手托著一個骷髏，兩眼凝視著，右手正支頤默想著。這還是攝影呢，畫片更是美不勝收了！彌愛的《晚禱》是世界的名作，不用說了。義大利Gino的名畫《跳舞》，滿是躍著的腿兒，牽著的臂兒，並著的臉兒；紅的，黃的，白的，藍的，黑的，一片片地飛舞著——那邊還攢動著無數的頭呢。是夜的繁華喲！是肉的薰蒸喲！還有日本中澤弘光的《夕潮》：

紅紅的落照輕輕地塗在玲瓏的水閣上；閣之前淺藍的潮裏，佇立著白衣編髮的少女，伴著兩隻夭矯的白鶴；她們因水光的映射，這時都微微地藍了；她只扭轉頭凝視那斜陽的顏色。又椎塚豬知雄的《花》，三個樣式不同，花色互異的精巧的瓶子，分插著紅白各色的，大的小的鮮花，都豐豐滿滿的。另有一個細長的和一個荸薺樣的瓶子，放在三個大瓶之前和之間；一高一矮，甚是別致，也都插著鮮花，只一瓶是小朵的，一瓶是大朵的。我說的已多了——還有圖案畫，有時帶著野蠻人和兒童的風味，也是我所愛的。書籍中的插畫，偶然也有很好的；如什麼書裏有一幅畫，顯示惠士敏斯特大寺的裏面，那是很偉大的——正如我在靈隱寺的高深的大殿裏一般。而房龍《人類的故事》中的插畫，尤其別有心思，馬上可以引人到他所畫的天地中去。

我所在的地方，也沒有音樂會。幸而有留聲機，機片裏中外歌曲乃至國語唱歌都有；我的雙耳尚不至大寂寞的。我或向人借來自開自聽，或到別人寓處去聽，這也是「揩油」之一道了。大約借留聲機，借畫片，借書，總還算是雅事，不致像借錢一樣，要看人家臉孔的（雖然也不免有例外）；所以有時竟可大大方方地揩油。自然，自己的油有時也當大大方方地被別人揩的。關於留聲機，北平有零賣一法。一個人背了話匣子（即留聲機）和唱片，沿街叫賣；若要買的，就喊他進屋裏，讓他開唱幾片，照定價給他銅子——唱完了，他仍舊將那話匣子等用藍布包起，背了出門去。我們做學生時，每當冬夜無聊，常常破費幾個銅子，買他幾曲聽聽：雖然沒有佳片，卻也算消寒之一法。聽說南方也有做這項生意的人。——我所在的地方，寧波是其一。寧波S中學現有無線電話收音機，我很想去聽聽大陸報館的音樂。這比留聲機又好了！不但聲音更是親切，且花樣日日翻新；二者相差，何可以道里計呢！除此以外，朋友們的簫聲與笛韻，也是很可過癮的；但這看似易得而實難，因爲好手甚少。我從前有一位朋友，吹簫極悲酸幽抑之致，我最不能忘懷！現在他從外國回來，我們久不見面，也未寫信，不知他還能來一點兒否？

內地雖沒有惠羅公司，卻總有古董店，盡可以對付一氣。我們看看古瓷的細潤秀美，古泉幣的陸離斑駁，古玉的豐腴有澤，古印的肅肅有儀，胸襟也可豁然開朗。況內地更有好處，爲五方雜處，眾目具瞻的上海等處所不及的；如花木的趣味，盆栽的趣味便是。上海的匆忙使一般人想不到白鴿籠外還有天地；花是怎樣美麗，樹是怎樣青青，他們似乎早已忘懷了！這是我的朋友郢君所常常不平的。「暮春三月，江南草長，雜花生樹，群鶯亂飛。」——這在上海人怕只是一場春夢吧！像我所在的鄉間：芊芊的碧草踏在腳上軟軟的，正像吃櫻花糖；花是只管開著，來了又去，來了又去——楊貴妃一般的木筆，紅著臉的桃花，白著臉的繡球……好一個「香遍滿，色遍滿的花兒的都」呀！上海是不容易有的！我所以雖嚮慕上海式的繁華，但也不捨我所在的白馬湖的幽靜。我愛白馬湖的花木，我愛S家的盆栽——這其間有詩有畫，我且說給你。一盆是小小的竹子，栽在方的小白石盆裏；細細的幹子疏疏的隔著，疏疏的葉子淡淡地撇著，更點綴上兩三塊小石頭；頗有靜遠之意。上燈時，影子寫在壁上，尤其清雋可親。另一盆是棕竹，瘦削的幹子亭亭地立著；下部是綠綠的，上部頗勁健地坼著幾片長長的葉子，葉根有細極細極的棕絲網著。這像一個丰神俊朗而蓄著微鬚的少年。這種淡白的趣味，也自是天地間不可少的。

天地間還有一種不可少的趣味，也是簡便易得到的，這是「談天」。——普通話叫做「閒談」；但我以「談天」二字，更能說出那「閒曠」的味兒！傅孟真先生在《心氣薄弱之中國人》一評裏，引顧寧人的話，說南方之學者，「群居終日，言不及義」；北方之學者，「飽食終日，無所用心」。他說「到了現在已經三百多年了，這評語仍然是活潑潑的」。「談天」大概也只能算「不及義」的言；縱有「及義」的時候，也只是偶然碰到，並非立意如此。若立意要「及義」，那便不是「談天」而是「講茶」了。「講茶」也有「講茶」的意思，但非我所要說。「終日言不及義」，誠哉是無益之事；而且豈不疲倦？「舌敝唇焦」，也未免「窮斯濫矣」！不過偶爾「茶餘酒後」，「月白風清」，約兩個密友，吸著煙捲兒，嘗著時新果子，促膝談心，隨興趣之所至。時而上天，時而入地，時而論書，時而評畫，時而縱談時局，品鑒人倫，時而剖析玄理，密訴衷曲……等到興盡意闌，便各自回去睡覺；明早一覺醒來，再各奔前程，修持「勝業」，想也不致耽誤的。或當公私交集，身心俱倦之後，約幾個相知到公園裏散散步，不願散步時，便到綠蔭下長椅上坐著；這時作無定向的談話，也是極有意味的。至於「『辟克匿克』來江邊」，那更非「談天」不可！我想這種「談天」，無論如何，總不能算是大過吧。人家說清談亡了晉朝，我覺得這未免是栽贓的辦法。請問晉人的清談，誰爲爲之？孰令致之？——這且不說，我單覺得清談也正是一種「生活之藝術」，只要有節制。有的如針尖的微觸，有的如剪刀的一斷；恰像吹皺一池春水，你的心便會這般這般了。

「談天」本不想求其有用，但有時也有大用：英哲洛克（Locke）的名著《人間悟性論》中述他著書之由——說有一日，與朋友們談天，端緒愈引而愈遠，不知所從來，也不知所屆；他忽然驚異：人知的界限在何處呢？這便是他的大作最初的啓示了。——這是我的一位先生親口告訴我的。

我說海說天，上下古今談了一番，自然仍不會跳出我佛世尊——自己——的掌心，現在我還是捲旗息鼓，「回到自己的靈魂」吧。自己有今日的自己，有昨日的自己，有北京時的自己，有南京時的自己，有在父母懷抱中的自己……乃至一分鐘有一個自己，一秒鐘有一個自己。每一個自己無論大的，小的，都各提挈著一個世界，正如旅客帶著一隻手提箱一樣。各個世界，各個自己之不相同，正如旅客手提箱裏所裝的東西之不同一樣。各個自己與它所提挈的世界是一個大大的聯環，決不能拆開的。譬如去年十月，我正僕僕於輪船火車之中。我現在回想那時的我，第一不能忘記的，是江浙戰爭；第二便是國慶。因戰爭而寫來的父親的岳父的信，一頁頁在眼前翻過；因戰爭而搬家的人，一陣陣在面前走過；眼看學校一日日挨下去，直到關門爲止。念頭忽然轉彎：林紓死了，法朗士死了；國際聯盟第五屆大會也閉幕了！……正如水的漪漣一樣，一圈一圈地儘管暈開去，可以至於非常之多。只區區一個月的我，所提挈的已這樣多，則積了三百幾十個月的我，所提挈的當有無窮！要算起帳來，倒是「大筆頭」呢！若有那樣細心，再把月化爲日，日化爲時，時化爲分秒，我的世界當更不了不了！這其間有吃的，有睡的，有玩的，有笑的，有哭的，有糊塗的，有聰明的……若能將它們陳列起來，必大有意思；若能影戲片似地將它們搖過去，那更有意思了！人總有念舊之情的。我的一個朋友回到母校作教師的時候，偶然在故紙堆中翻到他十四歲時投考該校的一張相片，便愛它如兒子。我們對於過去的自己，大都像嚼橄欖一樣，總有些兒甜的。我們依著時光老人的導引，一步步去溫尋已失的自己；這走的便是「憶之路」。在「憶之路」上愈走得遠，愈是有味；因苦味漸已蒸散而甜味卻還留著的緣故。最遠的地方是「兒時」，在那裏只有一味極淡極淡的甜；所以許多人都惦記著那裏。這「憶之路」是頗長的，也是世界上一條大路。要成爲一個自由的「世界民」，這條路不可不走走的。

我的把戲變完了——咳！多麼貧呢！我總之羨慕齊天大聖；他雖也跳不出佛爺的掌心，但到底能翻十萬八千里的筋斗，又有七十二變化的！

揚州的夏日

揚州從隋煬帝以來，是詩人文士所稱道的地方；稱道的多了，稱道得久了，一般人便也隨聲附和起來。直到現在，你若向人提起揚州這個名字，他會點頭或搖頭說：「好地方！好地方！」特別是沒去過揚州而念過些唐詩的人，在他心裏，揚州真像蜃樓海市一般美麗；他若念過《揚州畫舫錄》一類書，那更了不得了。但在一個久住揚州像我的人，他卻沒有那麼多美麗的幻想，他的憎惡也許掩住了他的愛好；他也許離開了三四年並不去想它。若是想呢，——你說他想什麼？女人；不錯，這似乎也有名，但怕不是現在的女人吧？——他也只會想著揚州的夏日，雖然與女人仍然不無關係的。

北方和南方一個大不同，在我看，就是北方無水而南方有。誠然，北方今年大雨，永定河，大清河甚至決了堤防，但這並不能算是有水；北平的三海和頤和園雖然有點兒水，但太平衍了，一覽而盡，船又那麼笨頭笨腦的。有水的仍然是南方。揚州的夏日，好處大半便在水上——有人稱為「瘦西湖」，這個名字真是太「瘦」了，假西湖之名以行，「雅得這樣俗」，老實說，我是不喜歡的。下船的地方便是護城河，曼衍開去，曲曲折折，直到平山堂，——這是你們熟悉的名字——有七八里河道，還有許多杈杈椏椏的支流。這條河其實也沒有頂大的好處，只是曲折而有些幽靜，和別處不同。

沿河最著名的風景是小金山，法海寺，五亭橋；最遠的便是平山堂了。金山你們是知道的，小金山卻在水中央。在那裏望水最好，看月自然也不錯——可是我還不曾有過那樣福氣。「下河」的人十之九是到這兒的，人不免太多些。法海寺有一個塔，和北海的一樣，據說是乾隆皇帝下江南，鹽商們連夜督促匠人造成的。法海寺著名的自然是這個塔；但還有一椿，你們猜不著，是紅燒豬頭。夏天吃紅燒豬頭，在理論上也許不甚相宜；可是在實際上，揮汗吃著，倒也不壞的。五亭橋如名字所示，是五個亭子的橋。橋是拱形，中一亭最高，兩邊四亭，參差相稱；最宜遠看，或看影子，也好。橋洞頗多，乘小船穿來穿去，另有風味。平山堂在蜀岡上。登堂可見江南諸山淡淡的輪廓；「山色有無中」一句話，我看是恰到好處，並不算錯。這裏遊人較少，閒坐在堂上，可以永日。沿路光景，也以閒寂勝。從天寧門或北門下船。蜿蜒的城牆，在水裏倒映著蒼黝的影子，小船悠然地撐過去，岸上的喧擾像沒有似的。

船有三種：大船專供宴遊之用，可以挾妓或打牌。小時候常跟了父親去，在船裏聽著謀得利洋行的唱片。現在這樣乘船的大概少了吧？其次是「小划子」，真像一瓣西瓜，由一個男人或女人用竹篙撐著。乘的人多了，便可雇兩只，前後用小凳子跨著：這也可算得「方舟」了。後來又有一種「洋划」，比大船小，比「小划子」大，上支布篷，可以遮日遮雨。「洋划」漸漸地多，大船漸漸地少，然而「小划子」總是有人要的。這不獨因爲價錢最賤，也因爲它的伶俐。一個人坐在船中，讓一個人站在船尾上用竹篙一下一下地撐著，簡直是一首唐詩，或一幅山水畫。而有些好事的少年，願意自己撐船，也非「小划子」不行。「小划子」雖然便宜，卻也有些分別。譬如說，你們也可想到的，女人撐船總要貴些；姑娘撐的自然更要貴囉。這些撐船的女子，便是有人說過的「瘦西湖上的船娘」。船娘們的故事大概不少，但我不很知道。據說以亂頭粗服，風趣天然為勝；中年而有風趣，也仍然算好。可是起初原是逢場作戲，或尚不傷廉惠；以後居然有了價格，便覺意味索然了。

北門外一帶，叫做下街，「茶館」最多，往往一面臨河。船行過時，茶客與乘客可以隨便招呼說話。船上人若高興時，也可以向茶館中要一壺茶，或一兩種「小籠點心」，在河中喝著，吃著，談著。回來時再將茶壺和所謂小籠，連價款一併交給茶館中人。撐船的都與茶館相熟，他們不怕你白吃。揚州的小籠點心實在不錯：我離開揚州，也走過七八處大大小小的地方，還沒有吃過那樣好的點心；這其實是值得惦記的。茶館的地方大致總好，名字也頗有好的。如香影廊，綠楊村，紅葉山莊，都是到現在還記得的。綠楊村的幌子，掛在綠楊樹上，隨風飄展，使人想起「綠楊城廓是揚州」的名句。裏面還有小池，叢竹，茅亭，景物最幽。這一帶的茶館布置都歷落有致，迥非上海，北平方方正正的茶樓可比。

「下河」總是下午。傍晚回來，在暮靄朦朧中上了岸，將大褂折好搭在腕上，一手微微搖著扇子；這樣進了北門或天寧門走回家中。這時候可以念「又得浮生半日閒」那一句詩了。

看花

生長在大江北岸一個城市裏，那兒的園林本是著名的，但近來卻很少；似乎自幼就不曾聽見過「我們今天看花去」一類話，可見花事是不盛的。有些愛花的人，大都只是將花栽在盆裏，一盆盆擱在架上；架子橫放在院子裏。院子照例是小小的，只夠放下一個架子；架上至多擱二十多盆花罷了。有時院子裏依牆築起一座「花台」，臺上種一株開花的樹；也有在院子裏地上種的。但這只是普通的點綴，不算是愛花。

家裏人似乎都不甚愛花；父親只在領我們上街時，偶然和我們到「花房」裏去過一兩回。但我們住過一所房子，有一座小花園，是房東家的。那裏有樹，有花架（大約是紫藤花架之類），但我當時還小，不知道那些花木的名字；只記得爬在牆上的是薔薇而已。園中還有一座太湖石堆成的洞門；現在想來，似乎也還好的。在那時由一個頑皮的少年僕人領了我去，卻只知道跑來跑去捉蝴蝶；有時掐下幾朵花，也只是隨意挼弄著，隨意丟棄了。至於領略花的趣味，那是以後的事：夏天的早晨，我們那地方有鄉下的姑娘在各處街巷，沿門叫著，「賣梔子花來。」梔子花不是什麼高品，但我喜歡那白而暈黃的顏色和那肥肥的個兒，正和那些賣花的姑娘有著相似的韻味。梔子花的香，濃而不烈，清而不淡，也是我樂意的。我這樣便愛起花來了。也許有人會問，「你愛的不是花吧？」這個我自己其實也已不大弄得清楚，只好存而不論了。

在高小的一個春天，有人提議到城外f寺裏吃桃子去，而且預備白吃；不讓吃就鬧一場，甚至打一架也不在乎。那時雖遠在五四運動以前，但我們那裏的中學生卻常有打進戲園看白戲的事。中學生能白看戲，小學生爲什麼不能白吃桃子呢？我們都這樣想，便由那提議人糾合了十幾個同學，浩浩蕩蕩地向城外而去。到了f寺，氣勢不凡地呵叱著道人們（我們稱寺裏的工人為道人），立刻領我們向桃園裏去。道人們躊躇著說：「現在桃樹剛才開花呢。」但是誰信道人們的話？我們終於到了桃園裏。大家都喪了氣，原來花是真開著呢！這時提議人P君便去折花。道人們是一直步步跟著的，立刻上前勸阻，而且用起手來。但P君是我們中最不好惹的；「說時遲，那時快」，一眨眼，花在他的手裏，道人已踉蹌在一旁了。那一園子的桃花，想來總該有些可看；我們卻誰也沒有想著去看。只嚷著，「沒有桃子，得沏茶喝！」道人們滿肚子委屈地引我們到「方丈」裏，大家各喝一大杯茶。這才平了氣，談談笑笑地進城去。大概我那時還只懂得愛一朵朵的梔子花，對於開在樹上的桃花，是並不了然的；所以眼前的機會，便從眼前錯過了。

以後漸漸念了些看花的詩，覺得看花頗有些意思。但到北平讀了幾年書，卻只到過崇效寺一次；而去得又嫌早些，那有名的一株綠牡丹還未開呢。北平看花的事很盛，看花的地方也很多；但那時熱鬧的似乎也只有一班詩人名士，其餘還是不相干的。那正是新文學運動的起頭，我們這些少年，對於舊詩和那一班詩人名士，實在有些不敬；而看花的地方又都遠不可言，我是一個懶人，便乾脆地斷了那條心了。後來到杭州做事，遇見了Y君，他是新詩人兼舊詩人，看花的興致很好。我和他常到孤山去看梅花。孤山的梅花是古今有名的，但太少；又沒有臨水的，人也太多。有一回坐在放鶴亭上喝茶，來了一個方面有鬚，穿著花緞馬褂的人，用湖南口音和人打招呼道，「梅花盛開嗒！」「盛」字說得特別重，使我吃了一驚；但我吃驚的也只是說在他嘴裏「盛」這個聲音罷了，花的盛不盛，在我倒並沒有什麼的。

有一回，Y來說，靈峰寺有三百株梅花；寺在山裏，去的人也少。我和Y，還有N君，從西湖邊雇船到岳墳，從岳墳入山。曲曲折折走了好一會，又上了許多石級，才到山上寺裏。寺甚小，梅花便在大殿西邊園中。園也不大，東牆下有三間淨室，最宜喝茶看花；北邊有座小山，山上有亭，大約叫「望海亭」吧，望海是未必，但錢塘江與西湖是看得見的。梅樹確是不少，密密地低低地整列著。那時已是黃昏，寺裏只我們三個遊人；梅花並沒有開，但那珍珠似的繁星似的骨都兒，已經夠可愛了；我們都覺得比孤山上盛開時有味。大殿上正做晚課，送來梵唄的聲音，和著梅林中的暗香，真叫我們捨不得回去。在園裏徘徊了一會，又在屋裏坐了一會，天是黑定了，又沒有月色，我們向廟裏要了一個舊燈籠，照著下山。路上幾乎迷了道，又兩次三番地狗咬；我們的Y詩人確有些窘了，但終於到了岳墳。船夫遠遠迎上來道：「你們來了，我想你們不會冤我呢！」在船上，我們還不離口地說著靈峰的梅花，直到湖邊電燈光照到我們的眼。

Y回北平去了，我也到了白馬湖。那邊是鄉下，只有沿湖與楊柳相間著種了一行小桃樹，春天花發時，在風裏嬌媚地笑著。還有山裏的杜鵑花也不少。這些日日在我們眼前，從沒有人像煞有介事地提議，「我們看花去。」但有一位S君，卻特別愛養花；他家裏幾乎是終年不離花的。我們上他家去，總看他在那裏不是拿著剪刀修理枝葉，便是提著壺澆水。我們常樂意看著。他院子裏一株紫薇花很好，我們在花旁喝酒，不知多少次。白馬湖住了不過一年，我卻傳染了他那愛花的嗜好。但重到北平時，住在花事很盛的清華園裏，接連過了三個春，卻從未想到去看一回。只在第二年秋天，曾經和孫三先生在園裏看過幾次菊花。「清華園之菊」是著名的，孫三先生還特地寫了一篇文，畫了好些畫。但那種一盆一幹一花的養法，花是好了，總覺沒有天然的風趣。直到去年春天，有了些餘閒，在花開前，先向人問了些花的名字。一個好朋友是從知道姓名起的，我想看花也正是如此。恰好Y君也常來園中，我們一天三四趟地到那些花下去徘徊。今年Y君忙些，我便一個人去。

我愛繁花老幹的杏，臨風婀娜的小紅桃，貼梗累累如珠的紫荊；但最戀戀的是西府海棠。海棠的花繁得好，也淡得好；艷極了，卻沒有一絲蕩意。疏疏的高幹子，英氣隱隱逼人。可惜沒有趁著月色看過；王鵬運有兩句詞道：「只愁淡月朦朧影，難驗微波上下潮。」我想月下的海棠花，大約便是這種光景吧。為了海棠，前兩天在城裏特地冒了大風到中山公園去，看花的人倒也不少；但不知怎的，卻忘了畿輔先哲祠。Y告我那裏的一株，遮住了大半個院子；別處的都向上長，這一株卻是橫裏伸張的。花的繁沒有法說；海棠本無香，昔人常以為恨，這裏花太繁了，卻醞釀出一種淡淡的香氣，使人久聞不倦。Y告我，正是刮了一日還不息的狂風的晚上；他是前一天去的。他說他去時地上已有落花了，這一日一夜的風，準完了。他說北平看花，是要趕著看的：春光太短了，又晴的日子多；今年算是有陰的日子了，但狂風還是逃不了的。我說北平看花，比別處有意思，也正在此。這時候，我似乎不甚菲薄那一班詩人名士了。

我所見的葉聖陶

我第一次與聖陶見面是在民國十年的秋天。那時劉延陵兄介紹我到吳淞炮臺灣中國公學教書。到了那邊，他就和我說：「葉聖陶也在這兒。」我們都念過聖陶的小說，所以他這樣告我。我好奇地問道：「怎樣一個人？」出乎我的意外，他回答我：「一位老先生哩。」但是延陵和我去訪問聖陶的時候，我覺得他的年紀並不老，只那樸實的服色和沉默的風度與我們平日所想像的蘇州少年文人葉聖陶不甚符合罷了。

記得見面的那一天是一個陰天。我見了生人照例說不出話；聖陶似乎也如此。我們只談了幾句關於作品的泛泛的意見，便告辭了。延陵告訴我每星期六聖陶總回角直去；他很愛他的家。他在校時常邀延陵出去散步；我因與他不熟，只獨自坐在屋裏。不久，中國公學忽然起了風潮。我向延陵說起一個強硬的辦法；——實在是一個笨而無聊的辦法！——我說只怕葉聖陶未必贊成。但是出乎我的意外，他居然贊成了！後來細想他許是有意優容我們吧；這真是老大哥的態度呢。我們的辦法天然是失敗了，風潮延宕下去；於是大家都住到上海來。我和聖陶差不多天天見面；同時又認識了西諦，予同諸兄。這樣經過了一個月；這一個月實在是我的很好的日子。

我看出聖陶始終是個寡言的人。大家聚談的時候，他總是坐在那裏聽著。他卻並不是喜歡孤獨，他似乎老是那麼有味地聽著。至於與人獨對的時候，自然多少要說些話；但辯論是不來的。他覺得辯論要開始了，往往微笑著說：「這個弄不大清楚了。」這樣就過去了。他又是個極和易的人，輕易看不見他的怒色。他辛辛苦苦保存著的《晨報》副張，上面有他自己的文字的，特地從家裏捎來給我看；讓我隨便放在一個書架上，給散失了。當他和我同時發見這件事時，他只略露惋惜的顏色，隨即說：「由他去末哉，由他去末哉！」我是至今慚愧著，因爲我知道他作文是不留稿的。他的和易出於天性，並非閱歷世故，矯揉造作而成。他對於世間妥協的精神是極厭恨的。在這一月中，我看見他發過一次怒；——始終我只看見他發過這一次怒——那便是對於風潮的妥協論者的蔑視。

風潮結束了，我到杭州教書。那邊學校當局要我約聖陶去。聖陶來信說：「我們要痛痛快快遊西湖，不管這是冬天。」他來了，教我上車站去接。我知道他到了車站這一類地方，是會覺得寂寞的。他的家實在太好了，他的衣著，一向都是家裏管。我常想，他好像一個小孩子；像小孩子的天真，也像小孩子的離不開家裏人。必須離開家裏人時，他也得找些熟朋友伴著；孤獨在他簡直是有些可怕的。所以他到校時，本來是獨住一屋的，卻願意將那間屋做我們兩人的臥室，而將我那間做書室。這樣可以常常相伴；我自然也樂意，我們不時到西湖邊去；有時下湖，有時只喝喝酒。在校時各據一桌，我只預備功課，他卻老是寫小說和童話。初到時，學校當局來看過他。第二天，我問他，「要不要去看看他們？」他皺眉道：「一定要去麼？等一天吧。」後來始終沒有去。他是最反對形式主義的。

那時他小說的材料，是舊日的儲積；童話的材料有時卻是片刻的感興。如《稻草人》中《大喉嚨》一篇便是。那天早上，我們都醒在床上，聽見工廠的汽笛；他便說：「今天又有一篇了，我已經想好了，來的真快呵。」那篇的藝術很巧，誰想他只是片刻的構思呢！他寫文字時，往往拈筆伸紙，便手不停揮地寫下去，開始及中間，停筆躊躇時絕少。他的稿子極清楚，每頁至多只有三五個塗改的字。他說他從來是這樣的。每篇寫畢，我自然先睹為快；他往往稱述結尾的適宜，他說對於結尾是有些把握的。看完，他立即封寄《小說月報》；照例用平信寄。我總勸他掛號；但他說：「我老是這樣的。」他在杭州不過兩個月，寫的真不少，教人羨慕不已。《火災》裏從《飯》起到《風潮》這七篇，還有《稻草人》中一部分，都是那時我親眼看他寫的。

在杭州待了兩個月，放寒假前，他便匆匆地回去了；他實在離不開家，臨去時讓我告訴學校當局，無論如何不回來了。但他卻到北平住了半年，也是朋友拉去的。我前些日子偶翻十一年的《晨報副刊》，看見他那時途中思家的小詩，重念了兩遍，覺得怪有意思。北平回去不久，便入了商務印書館編譯部，家也搬到上海。從此在上海待下去，直到現在——中間又被朋友拉到福州一次，有一篇《將離》抒寫那回的別恨，是纏綿悱惻的文字。這些日子，我在浙江亂跑，有時到上海小住，他常請了假和我各處玩兒或喝酒。有一回，我便住在他家，但我到上海，總愛出門，因此他老說沒有能暢談；他寫信給我，老說這回來要暢談幾天才行。

十六年一月，我接眷北來，路過上海，許多熟朋友和我餞行，聖陶也在。那晚我們痛快地喝酒，發議論；他是照例地默著。酒喝完了，又去亂走，他也跟著。到了一處，朋友們和他開了個小玩笑；他臉上略露窘意，但仍微笑地默著。聖陶不是個浪漫的人；在一種意義上，他正是延陵所說的「老先生」。但他能瞭解別人，能諒解別人，他自己也能「作達」，所以仍然——也許格外——是可親的。那晚快夜半了，走過愛多亞路，他向我誦周美成的詞，「酒已都醒，如何消夜永！」我沒有說什麼；那時的心情，大約也不能說什麼的。我們到一品香又消磨了半夜。這一回特別對不起聖陶；他是不能少睡覺的人。他家雖住在上海，而起居還依著鄉居的日子；早七點起，晚九點睡。有一回我九點十分去，他家已熄了燈，關好門了。這種自然的，有秩序的生活是對的。那晚上伯祥說：「聖兄明天要不舒服了。」想起來真是不知要怎樣感謝才好。

第二天我便上船走了，一眨眼三年半，沒有上南方去。信也很少，卻全是我的懶。我只能從聖陶的小說裏看出他心境的遷變；這個我要留在另一文中說。聖陶這幾年裏似乎到十字街頭走過一趟，但現在怎麼樣呢？我卻不甚了然。他從前晚飯時總喝點酒，「以半醺爲度」；近來不大能喝酒了，卻學了吹笛——前些日子說已會一齣《八陽》，現在該又會了別的了吧。他本來喜歡看看電影，現在又喜歡聽聽崑曲了。但這些都不是「厭世」，如或人所說的；聖陶是不會厭世的，我知道。又，他雖會喝酒，加上吹笛，卻不曾抽什麼「上等的紙煙」，也不曾住過什麼「小小別墅」，如或人所想的，這個我也知道。

論無話可說

十年前我寫過詩；後來不寫詩了，寫散文；入中年以後，散文也不大寫得出了——現在是，比散文還要「散」的無話可說！許多人苦於有話說不出，另有許多人苦於有話無處說；他們的苦還在話中，我這無話可說的苦卻在話外。我覺得自己是一張枯葉，一張爛紙，在這個大時代裏。

在別處說過，我的「憶的路」是「平如砥」「直如矢」的；我永遠不曾有過驚心動魄的生活，即使在別人想來最風華的少年時代。我的顏色永遠是灰的。我的職業是三個教書；我的朋友永遠是那麼幾個，我的女人永遠是那麼一個。有些人生活太豐富了，太複雜了，會忘記自己，看不清楚自己，我是什麼時候都「了了玲玲地」知道，記住，自己是怎樣簡單的一個人。

但是為什麼還會寫出詩文呢？——雖然都是些廢話。這是時代為之！十年前正是五四運動的時期，大夥兒蓬蓬勃勃的朝氣，緊逼著我這個年輕的學生；於是乎跟著人家的腳印，也說說什麼自然，什麼人生。但這只是些範疇而已。我是個懶人，平心而論，又不曾遭過怎樣了不得的逆境；既不深思力索，又未親自體驗，範疇終於只是範疇，此處也只是廉價的，新瓶裏裝舊酒的感傷。當時芝麻黃豆大的事，都不惜鄭重地寫出來，現在看看，苦笑而已。

先驅者告訴我們說自己的話。不幸這些自己往往是簡單的，說來說去是那一套；終於說的聽的都膩了。——我便是其中的一個。這些人自己其實並沒有什麼話，只是說些中外賢哲說過的和並世少年將說的話。真正有自己的話要說的是不多的幾個人；因爲真正一面生活一面吟味那生活的只有不多的幾個人。一般人只是生活，按著不同的程度照例生活。

這點簡單的意思也還是到中年才覺出的；少年時多少有些熱氣，想不到這裏。中年人無論怎樣不好，但看事看得清楚，看得開，卻是可取的。這時候眼前沒有霧，頂上沒有雲彩，有的只是自己的路。他負著經驗的擔子，一步步踏上這條無盡的然而實在的路。他回看少年人那些情感的玩意，覺得一種輕鬆的意味。他樂意分析他背上的經驗，不止是少年時的那些；他不願遠遠地捉摸，而願剝開來細細地看。也知道剝開後便沒了那跳躍著的力量，但他不在乎這個，他明白在冷靜中有他所需要的。這時候他若偶然說話，決不會是感傷的或印象的，他要告訴你怎樣走著他的路，不然就是，所剝開的是些什麼玩意。但中年人是很膽小的；他聽別人的話漸漸多了，說了的他不說，說得好的他不說。所以終於往往無話可說——特別是一個尋常的人像我。但沉默又是尋常的人所難堪的，我說苦在話外，以此。

中年人若還打著少年人的調子，——姑不論調子的好壞——原也未嘗不可，只總覺「像煞有介事」。他要用很大的力量去寫出那冒著熱氣或流著眼淚的話；一個神經敏銳的人對於這個是不容易忍耐的，無論在自己在別人。這好比上了年紀的太太小姐們還塗脂抹粉地到大庭廣眾裏去賣弄一般，是殊可不必的了。

其實這些都可以說是廢話，只要想一想咱們這年頭。這年頭要的是「代言人」，而且將一切說話的都看作「代言人」；壓根兒就無所謂自己的話。這樣一來，如我輩者，倒可以將從前狂妄之罪減輕，而現在是更無話可說了。

但近來在戴譯《唯物史觀的文學論》裏看到，法國俗語「無話可說」竟與「一切皆好」同意。嗚呼，這是多麼損的一句話，對於我，對於我的時代！

給亡婦

謙，日子真快，一眨眼你已經死了三個年頭了。這三年裏世事不知變化了多少回，但你未必注意這些個，我知道。你第一惦記的是你幾個孩子，第二便輪著我。孩子和我平分你的世界，你在日如此；你死後若還有知，想來還如此的。告訴你，我夏天回家來著：邁兒長得結實極了，比我高一個頭。閏兒父親說是最乖，可是沒有先前胖了。采芷和轉子都好。五兒全家誇她長得好看；卻在腿上生了濕瘡，整天坐在竹床上不能下來，看了怪可憐的。六兒，我怎麼說好，你明白，你臨終時也和母親談過，這孩子是只可以養著玩兒的，他左挨右挨去年春天，到底沒有挨過去。這孩子生了幾個月，你的肺病就重起來了。我勸你少親近他，只監督著老媽子照管就行。你總是忍不住，一會兒提，一會兒抱的。可是你病中為他操的那一份兒心也夠瞧的。那一個夏天他病的時候多，你成天兒忙著，湯呀，藥呀，冷呀，暖呀，連覺也沒有好好兒睡過。那裏有一分一毫想著你自己。瞧著他硬朗點兒你就樂，乾枯的笑容在黃蠟般的臉上，我只有暗中嘆氣而已。

從來想不到做母親的要像你這樣。從邁兒起，你總是自己餵乳，一連四個都這樣。你起初不知道按鐘點兒餵，後來知道了，卻又弄不慣；孩子們每夜裏幾次將你哭醒了，特別是悶熱的夏季。我瞧你的覺老沒睡足。白天裏還得做菜，照料孩子，很少得空兒。你的身子本來壞，四個孩子就累你七八年。到了第五個，你自己實在不成了，又沒乳，只好自己餵奶粉，另雇老媽子專管她。但孩子跟老媽子睡，你就沒有放過心；夜裏一聽見哭，就豎起耳朵聽，工夫一大就得過去看。十六年初，和你到北京來，將邁兒，轉子留在家裏；三年多還不能去接他們，可真把你惦記苦了。你並不常提，我卻明白。你後來說你的病就是惦記出來的；那個自然也有份兒，不過大半還是養育孩子累的。你的短短的十二年結婚生活，有十一年耗費在孩子們身上；而你一點不厭倦，有多少力量用多少，一直到自己毀滅為止。你對孩子一般兒愛，不問男的女的，大的小的。也不想到什麼「養兒防老，積穀防饑」，只拼命的愛去。你對於教育老實說有些外行，孩子們只要吃得好玩得好就成了。這也難怪你，你自己便是這樣長大的。況且孩子們原都還小，吃和玩本來也要緊的。你病重的時候最放不下的還是孩子。病的只剩皮包著骨頭了，總不信自己不會好；老說：「我死了，這一大群孩子可苦了。」後來說送你回家，你想著可以看見邁兒和轉子，也願意；你萬不想到會一走不返的。我送車的時候，你忍不住哭了，說：「還不知能不能再見？」可憐，你的心我知道，你滿想著好好兒帶著六個孩子回來見我的。謙，你那時一定這樣想，一定的。

除了孩子，你心裏只有我。不錯，那時你父親還在；可是你母親死了，他另有個女人，你老早就覺得隔了一層似的。出嫁後第一年你雖還一心一意依戀著他老人家，到第二年上我和孩子可就將你的心占住，你再沒有多少工夫惦記他了。你還記得第一年我在北京，你在家裏。家裏來信說你待不住，常回娘家去。我動氣了，馬上寫信責備你。你教人寫了一封覆信，說家裏有事，不能不回去。這是你第一次也可以說第末次的抗議，我從此就沒給你寫信。暑假時帶了一肚子主意回去，但見了面，看你一臉笑，也就拉倒了。打這時候起，你漸漸從你父親的懷裏跑到我這兒。你換了金鐲子幫助我的學費，叫我以後還你；但直到你死，我沒有還你。你在我家受了許多氣，又因為我家的緣故受你家裏的氣，你都忍著。這全為的是我，我知道。那回我從家鄉一個中學半途辭職出走。家裏人諷你也走。哪裡走！只得硬著頭皮往你家去。那時你家像個冰窖子，你們在窖裏足足住了三個月。好容易我才將你們領出來了，一同上外省去。小家庭這樣組織起來了。你雖不是什麼闊小姐，可也是自小嬌生慣養的，做起主婦來，什麼都得幹一兩手；你居然做下去了，而且高高興興地做下去了。菜照例滿是你做，可是吃的都是我們；你至多夾上兩三筷子就算了。你的菜做得不壞，有一位老在行大大地誇獎過你。你洗衣服也不錯，夏天我的綢大褂大概總是你親自動手。你在家老不樂意閒著；坐前幾個「月子」，老是四五天就起床，說是躺著家裏事沒條沒理的。其實你起來也還不是沒條理；咱們家那麼多孩子，哪兒來條理？在浙江住的時候，逃過兩回兵難，我都在北平。真虧你領著母親和一群孩子東藏西躲的；末一回還要走多少里路，翻一道大嶺。這兩回差不多只靠你一個人。你不但帶了母親和孩子們，還帶了我一箱箱的書；你知道我是最愛書的。在短短的十二年裏，你操的心比人家一輩子還多；謙，你那樣身子怎麼經得住！你將我的責任一股腦兒擔負了去，壓死了你；我如何對得起你！

你為我的撈什子書也費了不少神；第一回讓你父親的男傭人從家鄉捎到上海去。他說了幾句閒話，你氣得在你父親面前哭了。第二回是帶著逃難，別人都說你傻子。你有你的想頭：「沒有書怎麼教書？況且他又愛這個玩意兒。」其實你沒有曉得，那些書丟了也並不可惜；不過教你怎麼曉得，我平常從來沒和你談過這些個！總而言之，你的心是可感謝的。這十二年裏你為我吃的苦真不少，可是沒有過幾天好日子。我們在一起住，算來也還不到五個年頭。無論日子怎麼壞，無論是離是合，你從來沒對我發過脾氣，連一句怨言也沒有。——別說怨我，就是怨命也沒有過。老實說，我的脾氣可不大好，遷怒的事兒有的是。那些時候你往往抽噎著流眼淚，從不回嘴，也不號啕。不過我也只信得過你一個人，有些話我只和你一個人說，因為世界上只你一個人真關心我，真同情我。你不但為我吃苦，更為我分苦；我之有我現在的精神，大半是你給我培養著的。這些年來我很少生病。但我最不耐煩生病，生了病就呻吟不絕，鬧那伺候病的人。你是領教過一回的，那回只一兩點鐘，可是也夠麻煩了。你常生病，卻總不開口，掙扎著起來；一來怕攪我，二來怕沒人做你那份兒事。我有一個壞脾氣，怕聽人生病，也是真的。後來你天天發燒，自己還以為南方帶來的瘧疾，一直瞞著我。明明躺著，聽見我的腳步，一骨碌就坐起來。我漸漸有些奇怪，讓大夫一瞧，這可糟了，你的一個肺已爛了一個大窟窿了！大夫勸你到西山去靜養，你丟不下孩子，又捨不得錢；勸你在家裏躺著，你也丟不下那份兒家務。越看越不行了，這才送你回去。明知凶多吉少，想不到只一個月工夫你就完了！本來盼望還見得著你，這一來可拉倒了。你也何嘗想到這個？父親告訴我，你回家獨住著一所小住宅，還嫌沒有客廳，怕我回去不便哪。

前年夏天回家，上你墳上去了。你睡在祖父母的下首，想來還不孤單的。只是當年祖父母的墳太小了，你正睡在壙底下。這叫做「抗壙」，在生人看來是不安心的；等著想辦法哪。那時壙上壙下密密地長著青草，朝露浸濕了我的布鞋。你剛埋了半年多，只有壙下多出一塊土，別的全然看不出新墳的樣子。我和隱今夏回去，本想到你的墳上來；因爲她病了沒來成。我們想告訴你，五個孩子都好，我們一定盡心教養他們，讓他們對得起死了的母親——你！謙，好好兒放心安睡吧，你。

你我

現在受過新式教育的人，見了無論生熟朋友，往往喜歡你我相稱。這不是舊來的習慣而是外國語與翻譯品的影響。這風氣並未十分通行；一般社會還不願意採納這種辦法——所謂粗人一向你呀我的，卻當別論。有一位中等學校校長告訴人，一個舊學生去看他，左一個「你」，右一個「你」，彷彿用指頭點著他鼻子，真有些受不了。在他想，只有長輩該稱他「你」，只有太太和老朋友配稱他「你」。夠不上這個份兒，也來「你」呀「你」的，倒像對當差老媽子說話一般，豈不可惱！可不是，從前小說裏「弟兄相呼，你我相稱」，也得夠上那份兒交情才成。而俗語說的「你我不錯」，「你我還這樣那樣」，也是托熟的口氣，指出彼此的依賴與信任。

同輩你我相稱，言下只有你我兩個，旁若無人；雖然十目所視，十手所指，視他們的，指他們的，管不著。楊震在你我相對的時候，會想到你我之外的「天知地知」，真是一個玄遠的托辭，虧他想得出。常人說話稱你我，卻只是你說給我，我說給你；別人聽見也罷，不聽見也罷，反正說話的一點兒沒有想著他們那些不相干的。自然也有時候「取瑟而歌」，也有時候「指桑罵槐」，但那是話外的話或話裏的話，論口氣卻只對著那一個「你」。這麼著，一說你看，你我便從一群人裏除外，單獨地相對著。離群是可怕又可憐的，只要想想大野裏的獨行，黑夜裏的獨處就明白。你我既甘心離群，彼此便非難解難分不可；否則豈不要吃虧？難解難分就是親暱；骨肉是親暱，結交也是個親暱，所以說只有長輩該稱「你」，只有太太和老朋友配稱「你」。你我相稱者，你我相親而已。然而我們對家裏當差老媽子也稱「你」，對街上的洋車夫也稱「你」，卻不是一個味兒。古來以「爾汝」爲輕賤之稱；就指的這一類。但輕賤與親暱有時候也難分，譬如叫孩子爲「狗兒」，叫情人爲「心肝」，明明將人比物，卻正是親暱之至。而長輩稱晚輩爲「你」，也夾雜著這兩種味道——那些親誼疏遠的稱「你」，有時候簡直毫無親暱的意思，只顯得輩分高罷了。大概輕賤與親暱有一點相同；就是，都可以隨隨便便，甚至於動手動腳。

生人相見不稱「你」。通稱是「先生」，有帶姓不帶姓之分；不帶姓好像來者是自己老師，特別客氣，用得少些。北平人稱「某爺」，「某幾爺」，如「馮爺」，「吳二爺」，也是通稱，可比「某先生」親暱些。但不能單稱「爺」，與「先生」不同。「先生」原是老師，「爺」卻是「父親」；尊人爲師猶之可，尊人爲父未免吃虧太甚。（聽說前清的太監有稱人為「爺」的時候，那是刑餘之人，只算例外。）至於「老爺」，多一個「老」字，就不會與父親相混，所以僕役用以單稱他的主人，舊式太太用以單稱她的丈夫。女的通稱「小姐」，「太太」，「師母」，卻都帶姓；「太太」，「師母」更其如此。因爲單稱「太太」，自己似乎就是老爺，單稱「師母」，自己似乎就是門生，所以非帶姓不可。「太太」是北方的通稱，南方人卻嫌官僚氣；「師母」是南方的通稱，北方人卻嫌頭巾氣。女人麻煩多，真是無法奈何。比「先生」親近些是「某某先生」，「某某兄」，「某某」是號或名字；稱「兄」取其彷彿一家人。再進一步就以號相稱，同時也可稱

「你」。在正式的聚會裏，有時候得稱職銜，如「張部長」，「王經理」；也可以不帶姓，和「先生」一樣；偶爾還得加上一個「貴」字，如「貴公使」。下屬對上司也得稱職銜。但像科員等小腳色卻不便稱銜，只好屈居在「先生」一輩裏。

僕役對主人稱「老爺」，「太太」，或「先生」，「師母」；與同輩分別的，一律不帶姓。他們在同一時期內大概只有一個老爺，太太，或先生，師母，是他們衣食的靠山；不帶姓正所以表示只有這一對兒才是他們的主人。對於主人的客，卻得一律帶姓；即使主人的本家，也得帶上號碼兒，如「三老爺」，「五太太」。——大家庭用的人或兩家合用的人例外。「先生」本可不帶姓，「老爺」本是下對上的稱呼，也常不帶姓；女僕稱「老爺」，雖和舊式太太稱丈夫一樣，但身分聲調既然各別，也就不要緊。僕役稱「師母」，決無門生之嫌，不怕尊敬過分；女僕稱「太太」，毫無疑義，男僕稱「太太」，與女僕稱「老爺」同例。晚輩稱長輩，有「爸爸」，「媽媽」，「伯伯」，「叔叔」等稱。自家人和近親不帶姓，但有時候帶號碼兒；遠親和父執，母執，都帶姓；乾親帶「乾」字，如「乾娘」；父親的盟兄弟，母親的盟姊妹，有些人也以自家人論。

這種種稱呼，按劉半農先生說，是「名詞替代代詞」，但也可說是他稱替代對稱。不稱「你」而稱「某先生」，是將分明對面的你變成一個別人；於是乎對你說的話，都不過是關於「他」的。這麼著，你我間就有了適當的距離，彼此好提防著；生人間說話提防著些，沒有錯兒。再則一般人都可以稱你「某先生」，我也跟著稱「某先生」，正見得和他們一塊兒，並沒有單獨挨近你身邊去。所以「某先生」一來，就對面無你，旁邊有人。這種替代法的效用，因所代的他稱廣狹而轉移。譬如「某先生」，誰對誰都可稱，用以代「你」，是十分「敬而遠之」；又如「某部長」，只是僚屬對同官與長官之稱，「老爺」只是僕役對主人之稱，敬意過於前者，遠意卻不及；至於「爸爸」「媽媽」，只是弟兄姊妹對父母的稱，不像前幾個名字可以移用在別人身上，所以雖不用「你」，還覺得親暱，但敬遠的意味總免不了有一些；在老人家前頭要像在太太或老朋友前頭那麼自由自在，到底是辦不到的。

北方話裏有個「您」字，是「你」的尊稱，不論親疏貴賤全可用，方便之至。這個字比那拐彎抹角的替代法乾脆多了，只是南方人聽不進去，他們覺得和「你」也差不多少。這個字本是閉口音，指眾數；「你們」兩字就從此出。南方人多用「你們」代「你」。用眾數表尊稱，原是語言常例。指的既非一個，你旁邊便彷彿還有些別人和你親近的，與說話的相對著；說話的天然不敢侵犯你，也不敢妄想親近你。這也還是個「敬而遠之」。湖北人尊稱人為「你家」，「家」字也表眾數，如「人家」「大家」可見。

此外還有個方便的法子，就是利用呼位，將他稱與對稱拉在一塊兒。說話的時候先叫聲「某先生」或別的，接著再說「你怎樣怎樣」；這麼著好像「你」字兒都是對你以外的「某先生」說的，你自己就不會覺得唐突了。這個辦法上下一律通行。在上海，有些不三不四的人問路，常叫一聲「朋友」，再說「你」；北平老媽子彼此說話，也常叫聲「某姐」，再「你」下去——她們覺得這麼稱呼倒比說「您」親暱些。但若說「這是兄弟你的事」，「這是他爸爸你的責任」，「兄弟」「你」，「他爸爸」「你」簡直連成一串兒，與用呼位的大不一樣。這種口氣只能用於親近的人。第一例的他稱意在加重全句的力量，表示雖與你親如弟兄，這件事卻得你自己辦，不能推給別人。第二例因「他」而及「你」，用他稱意在提醒你的身分，也是加重那個句子；好像說你我雖親近，這件事卻該由做他爸爸的你，而不由做自己的朋友的你負責任；所以也不能推給別人。又有對稱在前他稱在後的；但除了「你先生」，「你老兄」還有敬遠之意以外，別的如「你太太」，「你小姐」，「你張三」，「你這個人」，「你這傢伙」，「你這位先生」，「你這該死的」，「你這沒良心的東西」，卻都是些親口埋怨或破口大罵的話。「你先生」，「你老兄」的「你」不重讀，別的「你」都是重讀的。「你張三」直呼姓名，好像聽話的是個遠哉遙遙的生人，因爲只有毫無關係的人，才能直呼姓名；可是加上「你」字，卻變了親暱與輕賤兩可之間。近指形容詞「這」，加上量詞「個」成爲「這個」，都兼指人與物；說「這個人」和說「這個碟子」，一樣地帶些無視的神氣在指點著。加上「該死的」，「沒良心的」，「傢伙」，「東西」，無視的神氣更足。只有「你這位先生」稍稍客氣些；不但因爲那「先生」，並且因爲那量詞「位」字。「位」指「地位」，用以稱人，指那有某種地位的，就與常人有別。至於「你老」，「你老人家」，「老人家」是衆數，「老」是敬辭——老人常受人尊重。但「你老」用得少些。

最後還有省去對稱的辦法，卻並不如文法書裏所說，只限於祈使語氣，也不限於上輩對下輩的問語或答語，或熟人間偶然的問答語：如「去嗎」，「不去」之類。有人曾遇見一位頗有名望的省議會議長，隨意談天兒。那議長的說話老是這樣的：

去過北京嗎？

在哪兒住？

覺得北京怎麼樣？

幾時回來的？

始終沒有用一個對稱，也沒有用一個呼位的他稱，彷彿說到一個不知是誰的人。那聽話的覺得自己沒有了，只看見儼然的議長。可是偶然要敷衍一兩句話，而忘了對面人的姓，單稱「先生」又覺不值得的時候，這麼辦卻也可以救眼前之急。

生人相見也不多稱「我」。但是單稱「我」只不過傲慢，彷彿有點兒瞧不起人，卻沒有那過分親暱的味兒，與稱你我的時候不一樣。所以自稱比對稱麻煩少些。若是不隨便稱「你」，「我」字盡可麻麻糊糊通用；不過要留心聲調與姿態，別顯出拍胸脯指鼻尖的神兒。若是還要謹慎些，在北京可以說「咱」，說「俺」，在南方可以說「我們」；「咱」和「俺」原來也都是閉口音，與「我們」同是眾數。自稱用眾數，表示聽話的也在內，「我」說話，像是你和我或你我他聯合宣言；這麼著，我的責任就有人分擔，誰也不能說我自以為是了。也有說「自己」的，如「只怪自己不好」，「自己沒主意，怨誰！」但同樣的句子用來指你我也成。至於說「我自己」，那卻是加重的語氣，與這個不同。又有說「某人」，「某某人」的；如張三說，「他們老疑心這是某人做的，其實我一點也不知道。」這個「某人」就是張三，但得隨手用「我」字點明。若說「張某人豈是那樣的人！」卻容易明白。又有說「人」，「別人」，「人家」，「別人家」的；如，「這可叫人怎麼辦？」「也不管人家死活。」指你我也成。這些都是用他稱（單數與眾數）替代自稱，將自己說成別人；但都不是明確的替代，要靠上下文，加上聲調姿態，才能顯出作用，不像替代對稱那樣。而其中如「自己」，「某人」，能替代「我」的時候也不多，可見自稱在我的關係多，在人的關係少，老老實實用「我」字也無妨；所以歷來並不十分費心思去找替代的名詞。

演說稱「兄弟」，「鄙人」，「個人」或自己名字，會議稱「本席」，也是他稱替代自稱，卻一聽就明白。因為這幾個名詞，除「兄弟」代「我」，平常談話裏還偶然用得著之外，別的差不多都已成了向公眾說話專用的自稱。「兄弟」，「鄙人」全是謙詞，「兄弟」親暱些；「個人」就是「自己」；稱名字不帶姓，好像對尊長說話。——稱名字的還有僕役與幼兒。僕役稱名字兼帶姓，如「張順不敢」。幼兒自稱乳名，卻因為自我觀念還未十分發達，聽見人家稱自己乳名，也就如法炮製，可教大人聽著樂，為的是「像煞有介事」。——「本席」指「本席的人」，原來也該是謙稱；但以此自稱的人往往有一種訑訑然的聲調姿態，所以反覺得傲慢了。這大約是「本」字作怪，從「本總司令」到「本縣長」，雖也是以他稱替代自稱，可都是告誡下屬的口氣，意在顯出自己的身分，讓他們知所敬畏。這種自稱用的機會卻不多。對同輩也偶然有要自稱職銜的時候，可不用「本」字而用「敝」字。但「司令」可「敝」，「縣長」可「敝」，「人」卻「敝」不得；「敝人」是涼薄之人，自己罵得未免太苦了些。同輩間也可用「本」字，是在開玩笑的當兒，如「本科員」，「本書記」，「本教員」，取其氣昂昂的，有俯視一切的樣子。

他稱比「我」更顯得傲慢的還有；如「老子」，「咱老子」，「大爺我」，「我某幾爺」，「我某某某」。老子本非同輩相稱之詞，雖然加上眾數的「咱」，似乎只是壯聲威，並不爲的分責任。「大爺」，「某幾爺」也都是尊稱，加在「我」上，是增加「我」的氣焰的。對同輩自稱姓名，表示自己完全是個無關係的陌生人；本不如此，偏取了如此態度，將聽話的遠遠地推開去，再加上「我」，更是神氣。這些「我」字都是重讀的。但除了「我某某某」，那幾個別的稱呼大概是丘八流氓用得多。

他稱也有比「我」顯得親暱的。如對兒女自稱「爸爸」，「媽」，說「爸爸疼你」，「媽在這兒，別害怕」。對他們稱「我」的太多了，對他們稱「爸爸」，「媽」的卻只有兩個人，他們最親暱的兩個人。所以他們聽起來，「爸爸」，「媽」比「我」鮮明得多。幼兒更是這樣；他們既然還不甚懂得什麼是「我」，用「爸爸」，「媽」就更要鮮明些。聽了這兩個名字，不用捉摸，立刻知道是誰而得著安慰；特別在他們正專心一件事或者快要睡覺的時候。若加上「你」，說「你爸爸」

「你媽」，沒有「我」，只有「你的」，讓大些的孩子聽了，親暱的意味更多。對同輩自稱「老某」，如「老張」，或「兄弟我」，如「交給兄弟我辦吧，沒錯兒」，也是親暱的口氣。「老某」本是稱人之詞。單稱姓，表示彼此非常之熟，一提到姓就會想起你，再不用別的；同姓的雖然無數，而提到這一姓，卻偏偏只想起你。「老」字本是敬辭，但平常說笑慣了的人，忽然敬他一下，只是驚他以取樂罷了；姓上加「老」字，原來怕不過是個玩笑，正和「你老先生」，「你老人家」有時候用作滑稽的敬語一種。日子久了，不覺得，反變成「熟得很」的意思。於是自稱「老張」，就是「你熟得很的張」，不用說，頂親暱的。「我」在「兄弟」之下，指的是做兄弟的「我」，當然比平常的「我」客氣些；但既有他稱，還用自稱，特別著重那個「我」，多少免不了自負的味兒。這個「我」字也是重讀的。用「兄弟我」的也以江湖氣的人爲多。自稱常可省去；或因敘述的方便，或因答語的方便，或因避免那傲慢的字。

「他」字也須因人而施，不能隨便用。先得看「他」在不在旁邊兒。還得看「他」與說話的和聽話的關係如何——是長輩，同輩，晚輩，還是不相干的，不相識的？北平有個「怹」字，用以指在旁邊的別人與不在旁邊的尊長；別人既在旁邊聽著，用個敬詞，自然合式些。這個字本來也是閉口音，與「您」字同是衆數，是「他們」所從出。可是不常聽見人說；常說的還是「某先生」。也有稱職銜，行業，身分，行次，姓名號的。「他」和「你」「我」情形不同，在旁邊的還可指認，不在旁邊的必得有個前詞才明白。前詞也不外乎這五樣兒。職銜如「部長」，「經理」。行業如店主叫「掌櫃的」，手藝人叫「某師傅」，是通稱；做衣服的叫「裁縫」，做飯的叫「廚子」，是特稱。身分如妻稱夫為「六斤的爸爸」，洋車夫稱坐車人為「坐兒」，主人稱女僕為「張媽」，「李嫂」。——「媽」，「嫂」，「師傅」都是尊長之稱，卻用於既非尊長，又非同輩的人，也許稱「張媽」是借用自己孩子們的口氣，稱「師傅」是借用他徒弟的口氣，只有稱「嫂」才是自己的口氣，用意都是要親暱些。借用別人口氣表示親暱的，如媳婦跟著他孩子稱婆婆為「奶奶」，自己矮下一輩兒；又如跟著熟朋友用同樣的稱呼稱他親戚，如「舅母」，「外婆」等，自己近走一步兒；只有「爸爸」，「媽」，假借得極少。對於地位同的既可如此假借，對於地位低的當然更可隨便些；反正誰也明白，這些不過說得好聽罷了。——行次如稱朋友或兒女用「老大」，「老二」；稱男僕也常用「張二」，「李三」。

稱號在親子間，夫婦間，朋友間最多，近親與師長也常這麼稱。稱姓名往往是不相干的人。有一回政府不讓報上直稱當局姓名，說應該稱銜帶姓，想來就是恨這個不相干的勁兒。又有指點似地說「這個人」「那個人」的，本是疏遠或輕賤之稱。可是有時候不願，不便，或不好意思說出一個人的身分或姓名，也用「那個人」；這裏頭卻有很親暱的，如要好的男人或女人，都可稱「那個人」。至於「這東西」，「這傢伙」，「那小子」，是更進一步；愛憎同辭，只看怎麼說出。又有用泛稱的，如「別怪人」，「別怪人家」，「一個人別太不知足」，「人到底是人」。但既是泛稱，指你我也未嘗不可。又有用虛稱的，如「他說某人不好，某人不好」；「某人」雖確有其人，卻不定是誰，而兩個「某人」所指也非一人。還有「有人」就是「或人」。用這個稱呼有四種意思：一是不知其人，如「聽說有人譯這本書」。二是知其人而不願明言，如「有人說怎樣怎樣」，這個人許是個大人物，自己不願舉出他的名字，以免矜誇之嫌。這個人許是個不甚知名的腳色，提起來聽話的未必知道，樂得不提省事。又如「有人說你的閒話」，卻大大不同。三是知其人而不屑明言，如「有人在一家報紙上罵我」。四是其人或他的關係人就在一旁，故意「使子聞之」；如，「有人不樂意，我知道。」「我知道，有人恨我，我不怕。」——這麼著簡直是挑戰的態度了。又有前詞與「他」字連文的，如「你爸爸他辛苦了一輩子，真是何苦來？」是加重的語氣。

親近的及不在旁邊的人才用「他」字；但這個字可帶有指點的神兒，彷彿說到的就在眼前一樣。自然有些古怪，在眼前的儘管用「您」或別的向遠處推；不在的卻又向近處拉。其實推是爲說到的人聽著痛快；他既在一旁，聽話的當然看得親切，口頭上雖向遠處推無妨。拉卻是爲聽話人聽著親切，讓他聽而如見。因此「他」字雖指你我以外的別人，也有親暱與輕賤兩種情調，並不含含糊糊的「等量齊觀」。最親暱的「他」，用不著前詞；如流行甚廣的「看見她」歌謠裏的「她」字——一個多情多義的「她」字。這還是在眼前的。新婚少婦談到不在眼前的丈夫，也往往沒頭沒腦地說「他如何如何」，一面還紅著臉兒。但如「管他，你走你的好了」，「他——他只比死人多口氣」，就是輕賤的「他」了。不過這種輕賤的神兒若「他」不在一旁卻只能從上下文看出；不像說「你」的時候永遠可以從聽話的一邊直接看出。「他」字除人以外，也能用在別的生物及無生物身上；但只在孩子們的話裏如此。指貓指狗用「他」是常事；指桌椅指樹木也有用「他」的時候。譬如孩子讓椅子絆了一跤，哇的哭了；大人可以將椅子打一下，說「別哭。是他不好。我打他」。孩子真會相信，回嗔作喜，甚至於也捏著小拳頭幫著捶兩下。孩子想著什麼都是活的，所以隨隨便便地「他」呀「他」的，大人可就不成。大人說「他」，十回九回指人；別的只稱名字，或說「這個」，「那個」，「這東西」，「這件事」，「那種道理」。但也有例外，像「聽他去吧」，「管他成不成，我就是這麼辦」。這種「他」有時候指事不指人。還有個「彼」字，口語裏已廢而不用，除了說「不分彼此」，「彼此都是一樣」。這個「彼」字不是「他」而是與「這個」相對的「那個」，已經在「人稱」之外。「他」字不能省略，一省就與你我相混；只除了在直截的答語裏。

代詞的三稱都可用名詞替代，三稱的單數都可用眾數替代，作用是「敬而遠之」。但三稱還可互代；如「大難臨頭，不分你我」，「他們你看我，我看你，一句話不說」，「你」「我」就是「彼」「此」。又如「此公人棄我取」，「我」是「自己」。又如論別人，「其實你去不去與人無干，我們只是盡朋友之道罷了。」「你」實指「他」而言。因爲要說得活靈活現，才將三人間變爲二人間，讓聽話的更覺得親切些。意思既指別人，所以直呼「你」「我」，無需避忌。這都以自稱對稱替代他稱。又如自己責備自己說：「咳，你真糊塗！」這是化一身爲兩人。又如批評別人，「憑你說乾了嘴唇皮，他聽你一句才怪！」「你」就是「我」，是讓你設身處地替自己想。又如，

「你只管不動聲色地幹下去，他們知道我怎麼辦？」「我」就是「你」；是自己設身處地替對面人想。這都是著急的口氣：我的事要你設想，讓你同情我；你的事我代設想，讓你親信我。可不一定親暱，只在說話當時見得彼此十二分關切就是了。只有「他」字，卻不能替代「你」「我」，因爲那麼著反把話說遠了。

衆數指的是一人與一人，一人與衆人，或衆人與衆人，彼此間距離本遠，避忌較少。但是也有分別；名詞替代，還用得著。如「各位」，「諸位」，「諸位先生」，都是「你們」的敬詞；「各位」是逐指，雖非衆數而作用相同。代詞名詞連文，也用得著。如「你們這些人」，「你們這班東西」，輕重不一樣，卻都是責備的口吻。又如發牢騷的時候不說「我們」而說「這些人」，「我們這些人」，表示多多少少，是與衆不同的人。但替代「我們」的名詞似乎沒有。又如不說「他們」而說「人家」，「那些位」，「這班東西」，「那班東西」，或「他們這些人」。三稱衆數的對峙，不像單數那樣明白的鼎足而三。「我們」，「你們」，「他們」相對的時候並不多；說「我們」，常只與「你們」，「他們」二者之一相對著。這兒的「你們」包括「他們」，「他們」也包括「你們」；所以說「我們」的時候，實在只有兩邊兒。所謂「你們」，有時候不必全都對面，只是與對面的在某些點上相似的人；所謂「我們」，也不一定全在身旁，只是與說話的在某些點上相似的人。所以「你們」，「我們」之中，都有「他們」在內。「他們」之近於「你們」的，就收編在「你們」裏；「他們」之近於「我們」的，就收編在「我們」裏；於是「他們」就沒有了。「我們」與「你們」也有相似的時候，「我們」可以包括「你們」，「你們」就沒有了；只剩下「他們」和「我們」相對著。演說的時候，對聽衆可以說「你們」，也可以說「我們」。說「你們」顯得自己高出他們之上，在教訓著；說「我們」，自己就只在他們之中，在彼此勉勵著。聽衆無疑地是願意聽「我們」的。只有「我們」，永遠存在，不會讓人家收編了去；因爲沒有「我們」，就沒有了說話的人。「我們」包羅最廣，可以指全人類，而與一切生物無生物對峙著。「你們」，「他們」都只能指人類的一部分；而「他們」除了特別情形，只能指不在眼前的人，所以更狹窄些。

北平自稱的衆數有「咱們」，「我們」兩個。第一個發見這兩個自稱的分別的是趙元任先生。他在《阿麗思漫遊奇境記》的凡例裏說：

> 「咱們」是對他們說的，聽話的人也在內的。
> 「我們」是對你們或他們說的，聽話的人不在內的。

趙先生的意思也許說，「我們」是對你們或（你們和）他們說的。這麼著「咱們」就收編了「你們」，「我們」就收編了「他們」——不能收編的時候，「我們」就與「你們」，「他們」成鼎足之勢。這個分別並非必需，但有了也好玩兒；因爲說「咱們」親暱些，說「我們」疏遠些，又多一個花樣。北平還有個「倆」字，只能兩個，「咱們倆」，「你們倆」，「他們倆」，無非顯得兩個人更親暱些；不帶「們」字也成。還有「大家」是同輩相稱或上稱下之詞，可用在「我們」，「你們」，「他們」之下。單用是所有相關的人都在內；加「我們」拉得近些，加「你們」推得遠些，加「他們」更遠些。至於「諸位大家」，當然是個笑話。

代詞三稱的領位，也不能隨隨便便的。生人間還是得用替代，如稱自己丈夫爲「我們老爺」，稱朋友夫人爲「你們太太」，稱別人父親爲「某先生的父親」。但向來還有一種簡便的尊稱與謙稱，如「令尊」，「令堂」，「尊夫人」，「令弟」，「令郎」，以及「家父」，「家母」，「內人」，「舍弟」，「小兒」等等。「令」字用得最廣，不拘那一輩兒都加得上，「尊」字太重，用處就少，「家」字只用於長輩同輩，「舍」字，「小」字只用於晚輩。熟人也有用通稱而省去領位的，如自稱父母爲「老人家」，——長輩對晚輩說他父母，也這麼稱——稱朋友家裏人爲「老太爺」，「老太太」，「太太」，「少爺」，「小姐」；可是沒有稱人家丈夫爲「老爺」或「先生」的，只能稱「某先生」，「你們先生」。此外有稱「老伯」，「伯母」，「尊夫人」的，爲的親暱些；所省去的卻非「你的」而是「我的」。更熟的人可稱「我父親」，「我弟弟」，「你學生」，「你姑娘」，卻並不大用「的」字。「我的」往往只用於呼位：如「我的媽呀！」「我的兒呀！」「我的天呀！」被領位若不是人而是事物，卻可隨便些。「的」字還用於獨用的領位，如「你的就是我的」，「去他的」。領位有了「的」字，顯得特別親暱似的。也許「的」字是齊齒音，聽了覺得挨擠著，緊縮著，才有此感。平常領位，所領的若是人，而也用「的」字，就好像有些過火；

「我的朋友」差不多成了一句嘲諷的話，一半怕就是爲了那個「的」字。衆數的領位也少用「的」字。其實真正衆數的領位用的機會也少；用的大多是替代單數的。「我家」，「你家」，「他家」有時候也可當衆數的領位用，如「你家孩子真懂事」，「你家廚子走了」，「我家運氣不好」。北平還有一種特別稱呼，也是關於自稱領位的。譬如女的向人說：「你兄弟這樣長那樣短。」「你兄弟」卻是她丈夫；男的向人說：「你侄兒這樣短，那樣長。」「你侄兒」卻是他兒子。這也算對稱替代自稱，可是大規模的；用意可以說是「敬而近之」。因爲「近」，才直稱「你」。被領位若是事物，領位除可用替代外，也有用「尊」字的，如「尊行」（行次），「尊寓」，但少極；帶滑稽味而上「尊」號的卻多，如「尊口」，「尊鬚」，「尊靴」，「尊帽」等等。

外國的影響引我們抄近路，只用「你」，「我」，「他」，「我們」，「你們」，「他們」，倒也是乾脆的辦法；好在聲調姿態變化是無窮的。「他」分爲三，在紙上也還有用，口頭上卻用不著；讀「她」爲「ㄧ」，「它」或「牠」爲「ㄙㄘ」，大可不必，也行不開去。「它」或「牠」用得也太洋味兒，真彆扭，有些實在可用「這個」「那個」。再說代詞用得太多，好些重複是不必要的；而領位「的」字也用得太濫點兒。①

注釋

①二十二年暑中看《馬氏文通》，楊遇夫先生《高等國文法》，劉半農先生《中國文法講話》，胡適

之先生《文存》裏的《爾汝篇》，對於人稱代名詞有些不成系統的意見，略加整理，寫成此篇。但所論只現代口語所用為限，作文寫信用的，以及念古書時所遇見的，都不在內。

談抽煙

有人說，「抽煙有什麼好處？還不如吃點口香糖，甜甜的，倒不錯。」不用說，你知道這準是外行。口香糖也許不錯，可是喜歡的怕是女人孩子居多；男人很少賞識這種玩意兒的；除非在美國，那兒怕有些個例外。一塊口香糖得咀嚼老半天，還是嚼不完，憑你怎麼斯文，那朵頤的樣子，總遮掩不住，總有點兒不雅相。這其實不像抽煙，倒像銜橄欖。你見過銜著橄欖的人？腮幫子上凸出一塊，嘴裏不時地滋兒滋兒的。抽煙可用不著這麼費勁；煙捲兒尤其省事，隨便一叼上，悠然的就吸起來，誰也不來注意你。抽煙說不上是什麼味道；勉強說，也許有點兒苦吧。但抽煙的不稀罕那「苦」而稀罕那「有點兒」。他的嘴太悶了，或者太閒了，就要這麼點兒來湊個熱鬧，讓他覺得嘴還是他的。嚼一塊口香糖可就太多，甜甜的，夠多膩味；而且有了糖也許便忘記了「我」。

抽煙其實是個玩意兒。就說抽捲煙吧，你打開匣子或罐子，抽出煙來，在桌上頓幾下，銜上，擦洋火，點上。這其間每一個動作都帶股勁兒，像做戲一般。自己也許不覺得，但到沒有煙抽的時候，便覺得了。那時候你必然閒得無聊；特別是兩隻手，簡直沒放處。再說那吐出的煙，裊裊地繚繞著，也夠你一回兩回地捉摸；它可以領你走到頂遠的地方去。——即便在百忙當中，也可以讓你輕鬆一忽兒。所以老於抽煙的人，一叼上煙，真能悠然遐想。他霎時間是個自由自在的身子，無論他是靠在沙發上的紳士，還是蹲在台階上的瓦匠。有時候他還能夠叼著煙和人說閒話；自然有些含含糊糊的，但是可喜的是那滿不在乎的神氣。這些大槪也算是遊戲三昧吧。

好些人抽煙，爲的有個伴兒。譬如說一個人單身住在北平，和朋友在一塊兒，倒是有說有笑的，回家來，空屋子像水一樣。這時候他可以摸出一支煙抽起來，借點兒暖氣。黃昏來了，屋子裏的東西只剩些輪廓，暫時懶得開燈，也可以點上一支煙，看煙頭上的火一閃一閃的，像親密的低語，只有自己聽得出。要是生氣，也不妨遷怒一下，使勁兒吸他十來口。客來了，若你倦了說不得話，或者找不出可說的，乾坐著豈不著急？這時候最好拈起一支煙將嘴堵上等你對面的人。若是他也這麼辦，便盡時間在煙子裏爬過去。各人抓著一個新伴兒，大可以盤桓一會的。

從前抽水煙旱煙，不過一種不傷大雅的嗜好，現在抽煙卻成了派頭。抽煙捲兒指頭黃了，由它去。用煙嘴不獨麻煩，也小氣，又跟煙隔得那麼老遠的。今兒大褂上一個窟窿，明兒坎肩上一個，由他去。一支煙裏的尼古丁可以毒死一個小麻雀，也由牠去。總之，蹩蹩扭扭的，其實也還是個「滿不在乎」罷了。煙有好有壞，味有濃有淡，能夠辨味的是內行，不擇煙而抽的是大方之家。

冬天

說起冬天，忽然想到豆腐。是一「小洋鍋」（鋁鍋）白煮豆腐，熱騰騰的。水滾著，像好些魚眼睛，一小塊一小塊豆腐養在裏面，嫩而滑，彷彿反穿的白狐大衣。鍋在「洋爐子」（煤油不打氣爐）上，和爐子都熏得烏黑烏黑，越顯出豆腐的白。這是晚上，屋子老了，雖點著「洋燈」，也還是陰暗。圍著桌子坐的是父親跟我們哥兒三個。「洋爐子」太高了，父親得常常站起來，微微地仰著臉，覷著眼睛，從氤氳的熱氣裏伸進筷子，夾起豆腐，一一地放在我們的醬油碟裏。我們有時也自己動手，但爐子實在太高了，總還是坐享其成的多。這並不是吃飯，只是玩兒。父親說晚上冷，吃了大家暖和些。我們都喜歡這種白水豆腐；一上桌就眼巴巴望著那鍋，等著那熱氣，等著熱氣裏從父親筷子上掉下來的豆腐。

又是冬天，記得是陰曆十一月十六晚上，跟S君P君在西湖裏坐小划子。S君剛到杭州教書，事先來信說：「我們要遊西湖，不管它是冬天。」那晚月色真好，現在想起來還像照在身上。本來前一晚是「月當頭」；也許十一月的月亮真有些特別吧。那時九點多了，湖上似乎只有我們一隻划子。有點風，月光照著軟軟的水波；當間那一溜兒反光，像新砑的銀子。湖上的山只剩了淡淡的影子。山下偶爾有一兩星燈火。S君口占兩句詩道：「數星燈火認漁村，淡墨輕描遠黛痕。」我們都不大說話，只有均勻的槳聲。我漸漸地快睡著了。P君「喂」了一下，才抬起眼皮，看見他在微笑。船夫問要不要上淨寺去；是阿彌陀佛生日，那邊蠻熱鬧的。到了寺裏，殿上燈燭輝煌，滿是佛婆念佛的聲音，好像醒了一場夢。這已是十多年前的事了，S君還常常通著信，P君聽說轉變了好幾次，前年是在一個特稅局裏收特稅了，以後便沒有消息。

在台州過了一個冬天，一家四口子。台州是個山城，可以說在一個大谷裏。只有一條二里長的大街。別的路上白天簡直不大見人；晚上一片漆黑。偶爾人家窗戶裏透出一點燈光，還有走路的拿著的火把；但那是少極了。我們住在山腳下。有的是山上松林裏的風聲，跟天上一隻兩隻的鳥影。夏末到那裏，春初便走，卻好像老在過著冬天似的；可是即便真冬天也並不冷。我們住在樓上，書房臨著大路；路上有人說話，可以清清楚楚地聽見。但因爲走路的人太少了，間或有點說話的聲音，聽起來還只當遠風送來的，想不到就在窗外。我們是外路人，除上學校去之外，常只在家裏坐著。妻也慣了那寂寞，只和我們爺兒們守著。外邊雖老是冬天，家裏卻老是春天。有一回我上街去，回來的時候，樓下廚房的大方窗開著，並排地挨著她們母子三個；三張臉都帶著天真微笑地向著我。似乎台州空空的，只有我們四人；天地空空的，也只有我們四人。那時是民國十年，妻剛從家裏出來，滿自在。現在她死了快四年了，我卻還老記著她那微笑的影子。

無論怎麼冷，大風大雪，想到這些，我心上總是溫暖的。

擇偶記

自己是長子長孫，所以不到十一歲就說起媳婦來了。那時對於媳婦這件事簡直茫然，不知怎麼一來，就已經說上了。是曾祖母娘家人，在江蘇北部一個小縣分的鄉下住著。家裏人都在那裏住過很久，大概也帶著我；只是太笨了，記憶裏沒有留下一點影子。祖母常常躺在煙榻上講那邊的事，提著這個那個鄉下人的名字。起初一切都像只在那白騰騰的煙氣裏。日子久了，不知不覺熟悉起來了，親暱起來了。除了住的地方，當時覺得那叫做「花園莊」的鄉下實在是最有趣的地方了。因此聽說媳婦就定在那裏，倒也彷彿理所當然，毫無意見。每年那邊田上有人來，藍布短打扮，銜著旱煙管，帶好些大麥粉，白薯乾兒之類。他們偶然也和家裏人提到那位小姐，大概比我大四歲，個兒高，小腳；但是那時我熱心的其實還是那些大麥粉和白薯乾兒。

記得是十二歲上，那邊捎信來，說小姐癆病死了。家裏並沒有人嘆惜；大約他們看見她時她還小，年代一多，也就想不清是怎樣一個人了。父親其時在外省做官，母親頗為我親事著急，便托了常來做衣服的裁縫做媒。為的是裁縫走的人家多，而且可以看見太太小姐。主意並沒有錯，裁縫來說一家人家，有錢，兩位小姐，一位是姨太太生的；他給說的是正太太生的大小姐。他說那邊要相親。母親答應了，定下日子，由裁縫帶我上茶館。記得那是冬天，到日子母親讓我穿上棗紅寧綢袍子，黑寧綢馬褂，戴上紅帽結兒的黑緞瓜皮小帽，又叮囑自己留心些。茶館裏遇見那位相親的先生，方面大耳，同我現在年紀差不多，布袍布馬褂，像是給誰穿著孝。這個人倒是慈祥的樣子，不住地打量我，也問了些念什麼書一類的話。回來裁縫說人家看得很細：說我的「人中」長，不是短壽的樣子，又看我走路，怕腳上有毛病。總算讓人家看中了，該我們看人家了。母親派親信的老媽子去。老媽子的報告是，大小姐個兒比我大得多，坐下去滿滿一圈椅；二小姐倒苗苗條條的，母親說胖了不能生育，像親戚裏誰誰誰；教裁縫說二小姐。那邊似乎生了氣，不答應，事情就摧了。

母親在牌桌上遇見一位太太，她有個女兒，透著聰明伶俐。母親有了心，回家說那姑娘和我同年，跳來跳去的，還是個孩子。隔了些日子，便托人探探那邊口氣。那邊做的官似乎比父親的更小，那時正是光復的前年，還講究這些，所以他們樂意做這門親。事情已到九成九，忽然出了岔子。本家叔祖母用的一個寡婦老媽子熟悉這家子的事，不知怎麼教母親打聽著了。叫她來問，她的話遮遮掩掩的。到底問出來了，原來那小姑娘是抱來的，可是她一家很寵她，和親生的一樣。母親心冷了。過了兩年，聽說她已生了癆病，吸上鴉片煙了。母親說，幸虧當時沒有定下來。我已懂得一些事了，也這末想著。

光復那年，父親生傷寒病，請了許多醫生看。最後請著一位武先生，那便是我後來的岳父。有一天，常去請醫生的聽差回來說，醫生家有位小姐。父親既然病著，母親自然更該擔心我的事。一聽這話，便追問下去。聽差原只順口談天，也說不出個所以然。母親便在醫生來時，教人問他轎夫，那位小姐是不是他家的。轎夫說是的。母親便和父親商量，托舅舅問醫生的意思。那天我正在父親病榻旁，聽見他們的對話。舅舅問明了小姐還沒有人家，便說，像×翁這樣人家怎末樣？醫生說，很好呀。話到此爲止，接著便是相親；還是母親那個親信的老媽子去。這回報告不壞，說就是腳大些。事情這樣定局，母親教轎夫回去說，讓小姐裹上點兒腳。妻嫁過來後，說相親的時候早躲開了，看見的是另一個人。至於轎夫捎的信兒，卻引起了一段小小風波。岳父對岳母說，早教你給她裹腳，你不信；瞧，人家怎末說來著！岳母說，偏偏不裹，看他家怎末樣！可是到底採取了折衷的辦法，直到妻嫁過來的時候。

說揚州

在第十期上看到曹聚仁先生的《閒話揚州》，比那本出名的書有味多了。不過那本書將揚州說得太壞，曹先生又未免說得太好；也不是說得太好，他沒有去過那裏，所說的只是從詩賦中，歷史上得來的印象。這些自然也是揚州的一面，不過已然過去，現在的揚州卻不能再給我們那種美夢。

自己從七歲到揚州，一住十三年，才出來念書。家裏是客籍，父親又是在外省當差事的時候多，所以與當地賢豪長者並無來往。他們的雅事，如訪勝，吟詩，賭酒，書畫名家，烹調佳味，我那時全沒有份，也全不在行。因此雖住了那麼多年，並不能做揚州通，是很遺憾的。記得的只是光復的時候，父親正病著，讓一個高等流氓憑了軍政府的名字，敲了一竹槓；還有，在中學的幾年裏，眼見所謂「甩子團」橫行無忌。「甩子」是揚州方言，有時候指那些「怯」的人，有時候指那些滿不在乎的人。「甩子團」不用說是後一類；他們多數是紳宦家子弟，仗著家裏或者「幫」裏的勢力，在各公共場所鬧標勁，如看戲不買票，起哄等等，也有包攬詞訟，調戲婦女的。更可怪的，大鄉紳的僕人可以指揮警察區區長，可以大模大樣招搖過市——這都是民國五六年的事，並非前清君主專制時代。自己當時血氣方剛，看了一肚子氣；可是人微言輕，也只好讓那口氣憋著罷了。

從前揚州是個大地方，如曹先生那文所說；現在鹽務不行了，簡直就算個沒「落兒」的小城。

可是一般人還忘其所以地要氣派，自以爲美，幾乎不知天多高地多厚。這真是所謂「夜郎自大」了。揚州人有「揚虛子」的名字；這個「虛子」有兩種意思，一是大驚小怪，二是以少報多，總而言之，不離乎虛張聲勢的毛病。他們還有個「揚盤」的名字，譬如東西買貴了，人家可以笑話你是「揚盤」；又如店家價錢要的太貴，你可以詰問他，「把我當揚盤看麼？」盤是捧出來給別人看的，正好形容耍氣派的揚州人。又有所謂「商派」，譏笑那些仿效鹽商的奢侈生活的人，那更是氣派中之氣派了。但是這裏只就一般情形說，刻苦誠篤的君子自然也有；我所敬愛的朋友中，便不缺乏揚州人。

提起揚州這地名，許多人想到的是出女人的地方。但是我長到那麼大，從來不曾在街上見過一個出色的女人，也許那時女人還少出街吧？不過從前人所謂「出女人」，實在指姨太太與妓女而言；那個「出」字就和出羊毛，出蘋果的「出」字一樣。《陶庵夢憶》裏有「揚州瘦馬」一節，就記的這類事；但是我毫無所知。不過納妾與狎妓的風氣漸漸衰了，「出女人」那句話怕遲早會失掉意義的吧。

另有許多人想，揚州是吃得好的地方。這個保你沒錯兒。北平尋常提到江蘇菜，總想著是甜甜的膩膩的。現在有了淮揚菜，才知道江蘇菜也有不甜的；但還以爲油重，和山東菜的清淡不同。其實真正油重的是鎭江菜，上桌子常教你膩得無可奈何。揚州菜若是讓鹽商家的廚子做起來，雖不到山東菜的清淡，卻也滋潤，俐落，決不膩嘴膩舌。不但味道鮮美，顏色也清麗悅目。揚州又以麵館著名。好在湯味醇美，是所謂白湯，由種種出湯的東西如雞鴨魚肉等熬成，好在它的厚，和啖熊掌一般。也有清湯，就是一味雞湯，倒並不出奇。內行的人吃麵要「大煮」；普通將麵挑在碗裏，澆上湯，「大煮」是將麵在湯裏煮一會，更能入味些。

揚州最著名的是茶館；早上去下午去都是滿滿的。吃的花樣最多。坐定了沏上茶，便有賣零碎的來兜攬，手臂上挽著一個黯病的柳條筐，筐子裏擺滿了一些小蒲包分放著瓜子花生炒鹽豆之類。又有炒白果的，在擔子上鐵鍋爆著白果，一片鏟子的聲音。得先告訴他，才給你炒。炒得殼子爆了，露出黃亮的仁兒，鏟在鐵絲罩裏送過來，又熱又香。還有賣五香牛肉的，讓他抓一些，攤在乾荷葉上；叫茶房拿點好麻醬油來，拌上慢慢地吃，也可向賣零碎的買些白酒——揚州普通都喝白酒——喝著。這才叫茶房燙乾絲。

北平現在吃干絲，都是所謂煮干絲；那是很濃的，當菜很好，當點心卻未必合式。燙干絲先將一大塊方的白豆腐干飛快地切成薄片，再切爲細絲，放在小碗裏，用開水一澆，干絲便熟了；逼去了水，摶成圓錐似的，再倒上麻醬油，擱一撮蝦米和乾筍絲在尖兒，就成。說時遲，那時快，剛瞧著在切豆腐干，一眨眼已端來了。燙干絲就是清得好，不妨礙你吃別的。接著該要小籠點心。北平淮揚館子出賣的湯包，誠哉是好，在揚州卻少見；那實在是淮陰的名字，揚州不該掠美。揚州的小籠點心，肉餡兒的，蟹肉餡兒的，筍肉餡兒的且不用說，最可口的是菜包子菜燒賣，還有乾菜包子。菜選那最嫩的，剁成泥，加一點兒糖一點兒油，蒸得白生生的，熱騰騰的，到口輕鬆地化去，留下一絲兒餘味。乾菜也是切碎，也是加一點兒糖和油，燥濕恰到好處；細細地咬嚼，可以嚼出一點橄欖般的回味來。這麼著每樣吃點兒也並不太多。要是有飯局，還盡可以從容地去。但是要老資格的茶客才能這樣有分寸；偶爾上一回茶館的本地人外地人，卻總忍不住狼吞虎嚥，到了兒捧著肚子走出。

揚州遊覽以水爲主，以船爲主，已另有文記過，此處從略。城裏城外古蹟很多，如「文選樓」，「天保城」，「雷塘」，「二十四橋」等，卻很少人留意；大家常去的只是史可法的「梅花嶺」罷了。倘若有相當的假期，邀上兩三個人去尋幽訪古倒有意思；自然，得帶點花生米，五香牛肉，白酒。

南京

南京是值得留連的地方，雖然我只是來來去去，而且又都在夏天。也想誇說誇說，可惜知道的太少；現在所寫的，只是一個旅行人的印象罷了。

逛南京像逛古董鋪子，到處都有些時代侵蝕的遺痕。你可以摩挲，可以憑吊，可以悠然遐想；想到六朝的興廢，王謝的風流，秦淮的艷跡。這些也許只是老調子，不過經過自家一番體貼，便不同了。所以我勸你上雞鳴寺去，最好選一個微雨天或月夜。在朦朧裏，才醞釀著那一縷幽幽的古味。你坐在一排明窗的豁蒙樓上，吃一碗茶，看面前蒼然蜿蜒著的台城。台城外明淨荒寒的玄武湖就像大滌子的畫。豁蒙樓一排窗子安排得最有心思，讓你看的一點不多，一點不少。寺後有一口灌園的井，可不是那陳後主和張麗華躲在一堆兒的「胭脂井」。那口胭脂井不在路邊，得破費點工夫尋覓。井欄也不在井上；要看，得老遠地上明故宮遺址的古物保存所去。

從寺後的園地，揀著路上台城；沒有垛子，真像平臺一樣。踏在茸茸的草上，說不出的靜。夏天白晝有成群的黑蝴蝶，在微風裏飛；這些黑蝴蝶上下旋轉地飛，遠看像一根粗的圓柱子。城上可以望南京的每一角。這時候若有個熟悉歷代形勢的人，給你指點，隋兵是從這角進來的，湘軍是從那角進來的，你可以想像異樣裝束的隊伍，打著異樣的旗幟，拿著異樣的武器，洶洶湧湧地進來，遠遠彷彿還有哭喊之聲。假如你記得一些金陵懷古的詩詞，趁這時候暗誦幾回，也可印證印證，許更能領略作者當日的情思。

從前可以從台城爬出去，在玄武湖邊；若是月夜，兩三個人，兩三個零落的影子，歪歪斜斜地挪移下去，夠多好。現在可不成了，得出寺，下山，繞著大彎兒出城。七八年前，湖裏幾乎長滿了葦子，一味地荒寒，雖有好月光，也不大能照到水上；船又窄，又小，又漏，教人逛著愁著。這幾年大不同了，一出城，看見湖，就有煙水蒼茫之意；船也大多了，有籐椅子可以躺著。水中岸上都光光的；虧得湖裏有五個洲子點綴著，不然便一覽無餘了。這裏的水是白的，又有波瀾，儼然長江大河的氣勢，與西湖的靜綠不同，最宜於看月，一片空濛，無邊無界。若在微醺之後，迎著小風，似睡非睡地躺在籐椅上，聽著船底汩汩的波響與不知何方來的簫聲，真會教你忘卻身在哪裡。五個洲子似乎都局促無可看，但長堤宛轉相通，卻值得走走。湖上的櫻桃最出名。據說櫻桃熟時，遊人在樹下現買，現摘，現吃，談著笑著，多熱鬧的。

清涼山在一個角落裏，似乎人跡不多。掃葉樓的安排與豁蒙樓相彷彿，但窗外的景象不同。這裏是滴綠的山環抱著，山下一片滴綠的樹；那綠色真是撲到人眉宇上來。若許我再用畫來比，這怕像王石谷的手筆了。在豁蒙樓上不容易坐得久，你至少要上臺城去看看。在掃葉樓上卻不想走；窗外的光景好像滿爲這座樓而設，一上樓便什麼都有了。夏天去確有一股「清涼」味。這裏與豁蒙樓全有素麵吃，又可口，又賤。

莫愁湖在華嚴庵裏。湖不大，又不能泛舟，夏天卻有荷花荷葉，臨湖一帶屋子，憑欄眺望，也頗有遠情。莫愁小像，在勝棋樓下，不知誰畫的，大約不很古吧；但臉子開得秀逸之至，衣褶也柔活之至，大有「揮袖凌虛翔」的意思；若讓我題，我將毫不躊躇地寫上「仙乎仙乎」四字。另有石刻的畫像，也在這裏，想來許是那一幅畫所從出；但生氣反而差得多。這裏雖也臨湖，因爲屋子深，顯得陰暗些；可是古色古香，陰暗得好。詩文聯語當然多，只記得王湘綺的半聯云：「莫輕他北地胭脂，看艇子初來，江南兒女無顏色。」氣概很不錯。所謂勝棋樓，相傳是明太祖與徐達下棋，徐達勝了，太祖便賜給他這一所屋子。太祖那樣人，居然也會做出這種雅事來了。左手臨湖的小閣卻敞亮得多，也敞亮得好。有曾國藩畫像，忘記是誰橫題著「江天小閣坐人豪」一句。我喜歡這個題句，「江天」與「坐人豪」，景象闊大，使得這屋子更加開朗起來。

秦淮河我已另有記。但那文裏所說的情形，現在已大變了。從前讀《桃花扇》《板橋雜記》一類書，頗有滄桑之感；現在想到自己十多年前身歷的情形，怕也會有滄桑之感了。前年看見夫子廟前舊日的畫舫，那樣狼狽的樣子，又在老萬全酒棧看秦淮河水，差不多全黑了，加上巴掌大，透不出氣的所謂秦淮小公園，簡直有些厭惡，再別提做什麼夢了。貢院原也在秦淮河上，現在早拆得只剩一點兒了。民國五年父親帶我去看過，已經荒涼不堪，號舍裏草都長滿了。父親曾經辦過江南闈差，熟悉考場的情形，說來頭頭是道。他說考生入場時，都有送場的，人很多，門口鬧嚷嚷的。天不亮就點名，搜夾帶。大家都歸號。似乎直到晚上，頭場題才出來，寫在燈牌上，由號軍扛著在各號裏走。所謂「號」，就是一條狹長的胡同，兩旁排列著號舍，口兒上寫著什麼天字號，地字號等等的。每一號舍之大，恰好容一個人坐著；從前人說是像轎子，真不錯。幾天裏吃飯，睡覺，做文章，都在這轎子裏；坐的伏的各有一塊硬板，如是而已。官號稍好一些，是給達官貴人的子弟預備的，但得補褂朝珠地入場，那時是夏秋之交，天還熱，也夠受的。父親又說，鄉試時場外有兵巡邏，防備通關節。場內也豎起黑幡，叫鬼魂們有冤報冤，有仇報仇；我聽到這裏，有點毛骨悚然。現在貢院已變成碎石路；在路上走的人，怕很少想起這些事情的了吧？

明故宮只是一片瓦礫場，在斜陽裏看，只感到李太白《憶秦娥》的「西風殘照，漢家陵闕」二語的妙。午門還殘存著，遙遙直對洪武門的城樓，有萬千氣象。古物保存所便在這裏，可惜規模太小，陳列得也無甚次序。明孝陵道上的石人石馬，雖然殘缺零亂，還可見泱泱大風；享殿並不巍峨，只陵下的隧道，陰森襲人，夏天在裏面待著，涼風沁人肌骨。這陵大概是開國時草創的規模，所以簡樸得很；比起長陵，差得真太遠了。然而簡樸得好。

雨花臺的石子，人人皆知；但現在怕也撿不著什麼了。那地方毫無可看。記得劉後村的詩云：「昔年講師何處在，高臺猶以『雨花』名。有時寶向泥尋得，一片山無草敢生。」我所感的至多也只如此。還有，前些年南京槍決囚人都在雨花臺下，所以洋車夫遇見別的車夫和他爭先時，常說，「忙什麼！趕雨花臺去！」這和從前北京車夫說「趕菜市口兒」一樣。現在時移勢異，這種話漸漸聽不見了。

燕子磯在長江裏看，一片絕壁，危亭翼然，的確驚心動魄。但到了上邊，逼窄汙穢，毫無可以盤桓之處。燕山十二洞，去過三個。只三台洞層層折折，由幽入明，別有匠心，可是也年久失修了。

南京的新名勝，不用說，首推中山陵。中山陵全用青白兩色，以象徵青天白日，與帝王陵寢用紅牆黃瓦的不同。假如紅牆黃瓦有富貴氣，那青琉璃瓦的享堂，青琉璃瓦的碑亭卻有名貴氣。從陵門上享堂，白石台階不知多少級，但爬得夠累的；然而你遠看，決想不到會有這麼多的台階兒。這是設計的妙處。德國波慈達姆無愁宮前的石階，也同此妙。享堂進去也不小；可是遠處看，簡直小得可以，和那白石的飛階不相稱，一點兒壓不住，彷彿高個兒戴著小尖帽。近處山角裏一座陣亡將士紀念塔，粗粗的，矮矮的，正當著一個青青的小山峰，讓兩邊兒的山緊緊抱著，靜極，穩極。——譚墓沒去過，聽說頗有點丘壑。中央運動場也在中山陵近處，全仿外洋的樣子。全國運動會時，也不知有多少照相與描寫登在報上；現在是時髦的游泳的地方。

若要看舊書，可以上江蘇省立圖書館去。這在漢西門龍蟠裏，也是一個角落裏。這原是江南圖書館，以丁丙的善本書室藏書為底子；詞曲的書特別多。此外中央大學圖書館近年來也頗有不少書。中央大學是個散步的好地方。寬大，乾淨，有樹木；黃昏時去兜一個或大或小的圈兒，最有意思。後面有個梅庵，是那會寫字的清道人的遺跡。這裏只是隨宜地用樹枝搭成的小小的屋子。庵前有一株六朝松，但據說實在是六朝檜；檜蔭遮住了小院子，真是不染一塵。

南京茶館裏干絲很為人所稱道。但這些人必沒有到過鎮江，揚州，那兒的干絲比南京細得多，又從來不那麼甜。我倒是覺得芝麻燒餅好，一種長圓的，剛出爐，既香，且酥，又白，大概各茶館都有。鹹板鴨才是南京的名產，要熱吃，也是香得好；肉要肥要厚，才有咬嚼。但南京人都說鹽水鴨更好，大約取其嫩，其鮮；那是冷吃的，我可不知怎樣，老覺得不大得勁兒。

潭柘寺　戒壇寺

早就知道潭柘寺，戒壇寺。在商務印書館的《北平指南》上，見過潭柘的銅圖，小小的一塊，模模糊糊的，看了一點沒有想去的意思。後來不斷地聽人說起這兩座廟；有時候說路上不平靜，有時候說路上紅葉好。說紅葉好的勸我秋天去；但也有人勸我夏天去。有一回騎驢上八大處，趕驢的問逛過潭柘沒有，我說沒有。他說潭柘風景好，那兒滿是老道，他去過，離八大處七八十里地，坐轎騎驢都成。我不大喜歡老道的裝束，尤其是那滿蓄著的長頭髮，看上去囉哩囉唆，齷裏齷齪的。更不想騎驢走七八十里地，因爲我知道驢子與我都受不了。真打動我的倒是「潭柘寺」這個名字。不懂不是？就是不懂的妙。躲懶的人念成「潭柘寺」，那更莫名其妙了。這怕是中國文法的花樣；要是來個歐化，說是「潭和柘的寺」，那就用不著咬嚼或吟味了。還有在一部詩話裏看見近人詠戒台松的七古，詩騰挪夭矯，想來松也如此。所以去。但是在夏秋之前的春天，而且是早春；北平的早春是沒有花的。

這才認真打聽去過的人。有的說住潭柘好，有的說住戒壇好。有的人說路太難走，走到了筋疲力盡，再沒興致玩兒；有人說走路有意思。又有人說，去時坐了轎子，半路上前後兩個轎夫吵起來，把轎子擱下，直說不抬了。於是心中暗自決定，不坐轎，也不走路；取中道，騎驢子。又按普通說法，總是潭柘寺在前，戒壇寺在後，想著戒壇寺一定遠些；於是決定住潭柘，因爲一天回不來，必得住。門頭溝下車時，想著人多，怕雇不著許多驢，但是並不然——雇驢的時候，才知道戒壇去便宜一半，那就是說近一半。這時候自己忽然逞起能來，要走路。走吧。

這一段路可夠瞧的。像是河床，怎麼也挑不出沒有石子的地方，腳底下老是絆來絆去的，教人心煩。又沒有樹木，甚至於沒有一根草。這一帶原是煤窯，拉煤的大車往來不絕，塵土裏飽和著煤屑，變成黯淡的深灰色，教人看了透不出氣來。走一點鐘光景。自己覺得已經有點辦不了，怕沒有走到便筋疲力盡；幸而山上下來一條驢，如獲至寶似地雇下，騎上去。這一天東風特別大。平常騎驢就不穩，風一大真是禍不單行。山上東西都有路，很窄，下面是斜坡；本來從西邊走，驢夫看風勢太猛，將驢拉上東路。就這麼著，有一回還幾乎讓風將驢吹倒；若走西邊，沒有準兒會驢我同歸哪。想起從前人畫風雪騎驢圖，極是雅事；大概那不是上潭柘寺去的。驢背上照例該有些詩意，但是我，下有驢子，上有帽子眼鏡，都要照管；又有迎風下淚的毛病，常要掏手巾擦乾。當其時真恨不得生出第三隻手來才好。

東邊山峰漸起，風是過不來了；可是驢也騎不得了，說是坎兒多。坎兒可真多。這時候精神倒好起來了：崎嶇的路正可以練腰腳，處處要眼到心到腳到，不像平地上。人多更有點競賽的心理，總想走上最前頭去，再則這兒的山勢雖然說不上險，可是突兀，醜怪，巉刻的地方有的是。我們說這才有點兒山的意思；老像八大處那樣，真教人氣悶悶的。於是一直走到潭柘寺後門；這段坎兒路比風裏走過的長一半，小驢毫無用處，驢夫說：「咳，這不過給您做個伴兒！」

牆外先看見竹子，且不想進去。又密，又粗，雖然不夠綠。北平看竹子，真不易。又想到八大處了，大悲庵殿前那一溜兒，薄得可憐，細得也可憐，比起這兒，真是小巫見大巫了。進去過一道角門，門旁突然亭亭地矗立著兩竿粗竹子，在牆上緊緊地挨著；要用批文章的成語，這兩竿竹子足稱得起「天外飛來之筆」。

正殿屋角上兩座琉璃瓦的鴟吻，在台階下看，值得徘徊一下。神話說殿基本是青龍潭，一夕風雨，頓成平地，湧出兩鴟吻。只可惜現在的兩座太新鮮，與神話的朦朧幽秘的境界不相稱。但是還值得看，爲的是大得好，在太陽裏嫩黃得好，閃亮得好；那拴著的四條黃銅鏈子也映襯得好。寺裏殿很多，層層折折高上去，走起來已經不平凡，每殿大小又不一樣，塑像擺設也各出心裁。看完了，還覺得無窮無盡似的。正殿下延清閣是待客的地方，遠處群山像屏障似的。屋子結構甚巧，穿來穿去，不知有多少間，好像一所大宅子。可惜塵封不掃，我們住不著。話說回來，這種屋子原也不是預備給我們這麼多人擠著住的。寺門前一道深溝，上有石橋；那時沒有水，若是現在去，倚在橋上聽潺潺的水聲，倒也可以忘我忘世。過橋四株馬尾松，枝枝覆蓋，葉葉交通，另成一個境界。西邊小山上有個古觀音洞。洞無可看，但上去時在山坡上看潭柘的側面，宛如仇十洲的《仙山樓閣圖》；往下看是陡峭的溝岸，越顯得深深無極，潭柘簡直有海上蓬萊的意味了。寺以泉水著名，到處有石槽引水長流，倒也涓涓可愛。只是流觴亭雅得那樣俗，在石地上楞刻著蚰蚓般的槽；那樣流觴，怕只有孩子們願意幹。現在蘭亭的「流觴曲水」也和這兒的一鼻孔出氣，不過規模大些。晚上因爲帶的鋪蓋薄，凍得睜著眼，卻聽了一夜的泉聲；心裏想要不凍著，這泉聲夠多清雅啊！寺裏並無一個老道，但那幾個和尙，滿身銅臭，滿眼勢利，教人老不能忘記，倒也麻煩的。

第二天清早，二十多人滿雇了牲口，向戒壇而去，頗有浩浩蕩蕩之勢。我的是一匹騾子，據說穩得多。這是第一回，高高興興騎上去。這一路要翻羅喉嶺。只是土山，可是道兒窄，又曲折，雖不高，老那麼凸凸凹凹的。許多處只容得一匹牲口過去。平心說，是險點兒。想起古來用兵，從間道襲敵人，許也是這種光景吧。

戒壇在半山上，山門是向東的。一進去就覺得平曠；南面只有一道低低的磚欄，下邊是一片平原，平原盡處才是山，與眾山遮罩的潭柘氣象便不同。進二門，更覺得空闊疏朗，仰看正殿前的平臺，彷彿汪洋千頃。這平臺東西很長，是戒壇最勝處，眼界最寬，教人想起「振衣千仞岡」的詩句。三株名松都在這裏。「臥龍松」與「抱塔松」同是偃仆的姿勢，身軀奇偉，鱗甲蒼然，有飛動之意。「九龍松」老幹槎椏，如張牙舞爪一般。若在月光底下，森森然的松影當更有可看。此地最宜低徊流連，不是匆匆一覽所可領略。潭柘以層折勝，戒壇以開朗勝；但潭柘似乎更幽靜些。戒壇的和尙，春風滿面，卻遠勝於潭柘的；我們之中頗有悔不該在潭柘的。戒壇後山上也有個觀音洞。洞寬大而深，大家點了火把嚷嚷鬧鬧地下去；半里光景的洞滿是油煙，滿是聲音。洞裏有石虎，石龜，上天梯，海眼等等，無非是湊湊人的熱鬧而已。

還是騎騾子。回到長辛店的時候，兩條腿幾乎不是我的了。

語文影及其他

說話

誰能不說話，除了啞子？有人這個時候說，那個時候不說。有人這個地方說，那個地方不說。有人跟這些人說，不跟那些人說。有人多說，有人少說。有人愛說，有人不愛說。啞子雖然不說，卻也有那伊伊呀呀的聲音，指指點點的手勢。

說話並不是一件容易事。天天說話，不見得就會說話；許多人說了一輩子話，沒有說好過幾句話。所謂「辯士的舌鋒」、「三寸不爛之舌」等讚詞，正是物稀爲貴的證據；文人們講究「吐屬」，也是同樣的道理。我們並不想做辯士，說客，文人，但是人生不外言動，除了動就只有言，所謂人情世故，一半兒是在說話裏。古文《尚書》裏說，「唯口，出好興戎」，一句話的影響有時是你料不到的，歷史和小說上有的是例子。

說話即使不比作文難，也決不比作文容易。有些人會說話不會作文，但也有些人會作文不會說話。說話像行雲流水，不能夠一個字一個字推敲，因而不免有疏漏散漫的地方，不如作文的謹嚴。但那些行雲流水般的自然，卻決非一般文章所及。——文章有能到這樣境界的，簡直當以說話論，不再是文章了。但是這是怎樣一個不易到的境界！我們的文章，哲學裏雖有「用筆如舌」一個標準，古今有幾個人真能「用筆如舌」呢？不過文章不甚自然，還可成爲功力一派，說話是不行的；說話若也有功力派，你想，那怕真夠瞧的！

說話到底有多少種，我說不上。約略分別：向大家演說，講解，乃至說書等是一種，會議是一種，公私談判是一種，法庭受審是一種，向新聞記者談話是一種；——這些可稱爲正式的。朋友們的閒談也是一種，可稱爲非正式的。正式的並不一定全要拉長了面孔，但是拉長了的時候多。這種話都是成片斷的，有時竟是先期預備好的。只有閒談，可以上下古今，來一個雜拌兒；說是雜拌兒，自然零零碎碎，成片段的是例外。閒談說不上預備，滿是將話搭話，隨機應變。說預備好了再去「閒」談，那豈不是個大笑話？這種種說話，大約都有一些公式，就是閒談也有——「天氣」常是閒談的發端，就是一例。但是公式是死的，不夠用的，神而明之還在乎人。會說的教你眉飛色舞，不會說的教你昏頭搭腦，即使是同一個意思，甚至同一句話。

中國人很早就講究說話。《左傳》，《國策》，《世說》是我們的三部說話的經典。一是外交辭令，一是縱橫家言，一是清談。你看他們的話多麼婉轉如意，句句字字打進人心坎裏。還有一部《紅樓夢》，裏面的對話也極輕鬆，漂亮。此外漢代賈君房號爲「語妙天下」，可惜留給我們的只有這一句讚詞；明代柳敬亭的說書極有大名，可惜我們也無從領略。近年來的新文學，將白話文歐化，從外國文中借用了許多活潑的，精細的表現，同時暗示我們將舊來有些表現重新咬嚼一番。這卻給我們的語言一種新風味，新力量。加以這些年說話的艱難，使一般報紙都變乖巧了，他們知道用側面的，反面的，夾縫裏的表現了。這對於讀者是一種不容避免的好訓練；他們漸漸敏感起來了，只有敏感的人，才能體會那微妙的咬嚼的味兒。這時期說話的藝術確有了相當的進步。論說話藝術的文字，從前著名的似乎只有韓非的《說難》，那是一篇剖析入微的文字。現在我們卻已有了不少的精警之作，魯迅先生的《立論》就是的。這可以證明我所說的相當的進步了。

中國人對於說話的態度，最高的是忘言，但如禪宗「教」人「將嘴掛在牆上」，也還是免不了說話。其次是慎言，寡言，訥於言。這三樣又有分別：慎言是小心說話，小心說話自然就少說話，少說話少出錯兒。寡言是說話少，是一種深沉或貞靜的性格或品德。訥於言是說不出話，是一種渾厚誠實的性格或品德。這兩種多半是生成的。第三是修辭或辭令。至誠的君子，人格的力量照徹一切的陰暗，用不著多說話，說話也無須乎修飾。只知講究修飾，嘴邊天花亂墜，腹中矛戟森然，那是所謂小人；他太會修飾了，倒教人不信了。他的戲法總有讓人揭穿的一日。我們是介在兩者之間的平凡的人，沒有那偉大的魄力，可也不至於忘掉自己。只是不能無視世故人情，我們看時候，看地方，看人，在禮貌與趣味兩個條件之下，修飾我們的說話。這兒沒有力，只有機智；真正的力不是修飾所可得的。我們所能希望的只是：說得少，說得好。

沉默

沉默是一種處世哲學，用得好時，又是一種藝術。

誰都知道口是用來吃飯的，有人卻說是用來接吻的。我說滿沒有錯兒；但是若統計起來，口的最多的（**也許不是最大的**）用處，還應該是說話，我相信。按照時下流行的議論，說話大約也算是一種「宣傳」，自我的宣傳。所以說話徹頭徹尾是爲自己的事。若有人一口咬定是爲別人，憑了種種神聖的名字；我卻也願意讓步，請許我這樣說：說話有時的確只是間接地爲自己，而直接的算是爲別人！

自己以外有別人，所以要說話；別人也有別人的自己，所以又要少說話或不說話。於是乎我們要懂得沉默。你若念過魯迅先生的《祝福》，一定會立刻明白我的意思。

一般人見生人時，大抵會沉默的，但也有不少例外。常在火車輪船裏，看見有些人迫不及待似地到處向人問訊，攀談，無論那是搭客或茶房，我只有羨慕這些人的健康；因爲在中國這樣旅行中，竟會不感覺一點兒疲倦！見生人的沉默，大約由於原始的恐懼，但是似乎也還有別的。假如這個生人的名字，你全然不熟悉，你所能做的工作，自然只是有意或無意的防禦——像防禦一個敵人。沉默便是最安全的防禦戰略。你不一定要他知道你，更不想讓他發現你的可笑的地方——一個人總有些可笑的地方不是？——；你只讓他盡量說他所要說的，若他是個愛說的人。末了你恭恭敬敬和他分別。假如這個生人，你願意和他做朋友，你也還是得沉默。但是得留心聽他的話，選出幾處，加以簡短的，相當的讚詞；至少也得表示相當的同意。這就是知己的開場，或說起碼的知己也可。假如這個人是你所敬仰的或未必敬仰的「大人物」，你記住，更不可不沉默！大人物的言語，乃至臉色眼光，都有異樣的地方；你最好遠遠地坐著，讓那些勇敢的同伴上前線去。——自然，我說的只是你偶然地遇著或隨眾訪問大人物的時候。若你願意專誠拜謁，你得另想辦法；在我，那卻是一件可怕的事。——你看看大人物與非大人物或大人物與大人物間談話的情形，準可以滿足，而不用從牙縫裏迸出一個字。說話是一件費神的事，能少說或不說以及應少說或不說的時候，沉默實在是長壽之一道。至於自我宣傳，誠哉重要——誰能不承認這是重要呢？——，但對於生人，這是白費的；他不會領略你宣傳的旨趣，只暗笑你的宣傳熱；他會忘記得乾乾淨淨，在和你一鞠躬或一握手以後。

朋友和生人不同，就在他們能聽也肯聽你的說話——宣傳。這不用說是交換的，但是就是交換的也好。他們在不同的程度下瞭解你，諒解你；他們對於你有了相當的趣味和禮貌。你的話滿足他們的好奇心，他們就趣味地聽著；你的話嚴重或悲哀，他們因爲禮貌的緣故，也能暫時跟著你嚴重或悲哀。在後一種情形裏，滿足的是你；他們所真感到的怕倒是矜持的氣氛。他們知道「應該」怎樣做；這其實是一種犧牲，「應該」也「值得」感謝的。但是即使在知己的朋友面前，你的話也還不應該說得太多；同樣的故事，情感，和警句，雋語，也不宜重複的說。《祝福》就是一個好榜樣。你應該相當的節制自己，不可妄想你的話占領朋友們整個的心——你自己的心，也不會讓別人完全占領呀。你更應該知道怎樣藏匿你自己。只有不可知，不可得的，才有人去追求；你若將所有的盡給了別人，你對於別人，對於世界，將沒有絲毫意義，正和醫學生實習解剖時用過的屍體一樣。那時是不可思議的孤獨，你將不能支持自己，而傾仆到無底的黑暗裏去。一個情人常喜歡說：「我願意將所有的都獻給你！」誰真知道他或她所有的是些什麼呢？第一個說這句話的人，只是表示自己的慷慨，至多也只是表示一種理想；以後跟著說的，更只是「口頭禪」而已。所以朋友間，甚至戀人間，沉默還是不可少的。你的話應該像黑夜的星星，不應該像除夕的爆竹——誰稀罕那徹宵的爆竹呢？而沉默有時更有詩意。譬如在下午，在黃昏，在深夜，在大而靜的屋子裏，短時的沉默，也許遠勝於連續不斷的倦怠了的談話。有人稱這種境界為「無言之美」，你瞧，多漂亮的名字！——至於所謂「拈花微笑」，那更了不起了！

可是沉默也有不行的時候。人多時你容易沉默下去，一主一客時，就不準行。你的過分沉默，也許把你的生客惹惱了，趕跑了！倘使你願意趕他，當然很好；倘使你不願意呢，你就得不時的讓他喝茶，抽煙，看畫片，讀報，聽話匣子，偶然也和他談談天氣，時局——只是複述報紙的記載，加上幾個不能解決的疑問——，總以引他說話為度。於是你點點頭，哼哼鼻子，時而嘆嘆氣，聽著。他說完了，你再給起個頭，照樣的聽著。但是我的朋友遇見過一個生客，他是一位準大人物，因某種禮貌關係去看我的朋友。他坐下時，將兩手籠起，擱在桌上。說了幾句話，就止住了，兩眼炯炯地直看著我的朋友。我的朋友窘極，好容易陸陸續續地找出一句半句話來敷衍。這自然也是沉默的一種用法，是上司對屬僚保持威嚴用的。用在一般交際裏，未免太露骨了；而在上述的情形中，不爲主人留一些餘地，更屬無禮。大人物以及準大人物之可怕，正在此等處。至於應付的方法，其實倒也有，那還是沉默；只消照樣籠了手，和他對看起來，他大約也就無可奈何了罷？

撩天兒

《世說新語．品藻》篇有這麼一段兒：

王黃門兄弟三人俱詣謝公。子猷，子重多說俗事，子敬寒溫而已。既出，坐客問謝公，「向三賢孰愈？」謝公曰，「小者最勝。」客曰，「何以知之？」謝公曰，「『吉人之辭寡，躁人之辭多，』推此知之。」

王子敬只談談天氣，謝安引《易．系辭傳》的句子稱讚他話少的好。《世說》的作者記他的兩位哥哥「多說俗事」，那麼，「寒溫」就是雅事了。「寡言」向來認爲美德，原無雅俗可說；謝安所讚美的似乎是「寒溫『而已』」，劉義慶所著眼的卻似乎是「『寒溫』而已」，他們的看法是不一樣的。

「寡言」雖是美德，可是「健談」，「談笑風生」，自來也不失爲稱讚人的語句。這些可以說是美才，和美德是兩回事，卻並不互相矛盾，只是從另一角度看人罷了。只有「花言巧語」才真是要不得的。古人教人寡言，原來似乎是給執政者和外交官說的。這些人的言語關係往往很大，自然是謹慎的好，少說的好。後來漸漸成爲明哲保身的處世哲學，卻也有它的緣故。說話不免陳述自己，評論別人。這些都容易落把柄在聽話人的手裏。舊小說裏常見的「逢人只說三分話，未可全拋一片心」，就是教人少陳述自己。《女兒經》裏的「張家長，李家短，他家是非你莫管」，就是教人少評論別人。這些不能說沒有道理。但是說話並不一定陳述自己，評論別人，像談論天氣之類。就是陳述自己，評論別人，也不一定就「全拋一片心」，或道「張家長，李家短」。「戲法人人會變，各有巧妙不同」，這兒就用得著那些美才了。但是「花言巧語」卻不在這兒所謂「巧妙」的裏頭，那種人往往是別有用心的。所謂「健談」，「談笑風生」，卻只是無所用心的「閒談」，「談天」，「撩天兒」而已。

「撩天兒」最能表現「閒談」的局面。一面是「天兒」，是「閒談」少不了的題目，一面是「撩」，「閒談」只是東牽西引那麼回事。這「撩」字抓住了它的神兒。日常生活裏，商量，和解，乃至演說，辯論等等，雖不是別有用心的說話，卻還是有所用心的說話。只有「閒談」，以消遣爲主，才可以算是無所爲的，無所用心的說話。人們是不甘靜默的，愛說話是天性，不愛說話的究竟是很少的。人們一輩子說的話，總計起來，大約還是閒話多，費話多；正經話太用心了，究竟也是很少的。

人們不論怎麼忙，總得有休息；「閒談」就是一種愉快的休息。這其實是不可少的。訪問，宴會，旅行等等社交的活動，主要的作用其實還是閒談。西方人很能認識閒談的用處。十八世紀的人說，說話是「互相傳達情愫，彼此受用，彼此啓發」的。十九世紀的人說，「談話的本來目的不是增進知識，是消遣」二十世紀的人說，「人的百分之九十九的談話並不比蒼蠅的哼哼更有意義些；可是他願意哼哼，願意證明他是個活人，不是個蠟人。談話的目的，多半不是傳達觀念，而是要哼哼。」

「自然，哼哼也有高下；有的像蚊子那樣不停的響，真教人生氣。可是在晚餐會上，人寧願作蚊子，不願作啞子。幸而大多數的哼哼是悅耳的，有些並且是快心的。」看！十八世紀還說「啓發」，十九世紀只說「消遣」，二十世紀更只說「哼哼」，一代比一代乾脆，也一代比一代透徹了。閒談從天氣開始，古今中外，似乎一例。這正因爲天氣是個同情的話題，無人不知，無人不曉，而又無需乎陳述自己或評論別人。劉義慶以爲是雅事，便是因爲談天氣是無所爲的，無所用心的。但是後來這件雅事卻漸漸成爲雅俗共賞了；閒談又叫「談天」，又叫「撩天兒」，一面見出天氣在閒談裏的重要地位，一面也見出天氣這個話題已經普遍化到怎樣程度。因爲太普遍化了，便有人嫌它古老，陳腐；他們簡直覺得天氣是個俗不可耐的題目。於是天氣有時成爲笑料，有時跑到諷刺的筆下去。

有一回，一對未婚的中國夫婦到倫敦結婚登記局裏，是下午三四點鐘了，天上雲沉沉的，那位管事的老頭兒卻還笑著招呼說，「早晨好！天兒不錯，不是嗎？」朋友們傳述這個故事，都當作笑話。魯迅先生的《立論》也曾用「今天天氣哈哈哈」諷刺世故人的口吻。那位老頭兒和那種世故人來的原是「客套」話，因爲太「熟套」了，有時就不免離了譜。但是從此可見談天氣並不一定認真的談天氣，往往只是招呼，只是應酬，至多也只是引子。笑話也罷，諷刺也罷，哼哼總得哼哼的，所以我們都不斷的談著天氣。天氣雖然是個老題目，可是風雲不測，變化多端，未必就是個腐題目；照實際情形看，它還是個好題目。去年二月美大使詹森過昆明到重慶去。昆明的記者問他，「此次經滇越路，比上次來昆，有何特殊觀感？」他答得很妙：「上次天氣炎熱，此次氣候溫和，天朗無雲，旅行甚為平安舒適。」這是外交辭令，是避免陳述自己和評論別人的明顯的例子。天氣有這樣的作用，似乎也就無可厚非了。

談話的開始難，特別是生人相見的時候。從前通行請教「尊姓」，「台甫」，「貴處」，甚至「貴庚」等等，一半是認真——知道了人家的姓字，當時才好稱呼談話，雖然隨後大概是忘掉的多——，另一半也只是哼哼罷了。自從有了介紹的方式，這一套就用不著了。這一套裏似乎只有「貴處」一問還可以就答案發揮下去；別的都只能一答而止，再談下去，就非換題目不可，那大概還得轉到天氣上去，要不然，也得轉到別的一些瑣屑的節目上去，如「幾時到的？路上辛苦吧？是第一次到這兒罷？」之類。用介紹的方式，談話的開始更只能是這些節目。若是相識的人，還可以說「近來好吧？」「忙得怎麼樣？」等等。這些瑣屑的節目像天氣一樣是哼哼詞兒，可只是特殊的調兒，同時只能說給一個人聽，不像天氣是普通的調兒，同時可以說給許多人聽。所以天氣還是打不倒的談話的引子——從這個引子可以或斷或連的牽搭到四方八面去。

但是在變動不居的非常時代，大家關心或感興趣的題目多，談話就容易開始，不一定從天氣下手。天氣跑到諷刺的筆下，大概也就在這當兒。我們的正是這種時代。抗戰，轟炸，政治，物價，歐戰，隨時都容易引起人們的談話，而且盡夠談一個下午或一個晚上，無須換題目。新聞本是談話的好題目，在平常日子，大新聞就能夠取天氣而代之，何況這時代，何況這些又都是關切全民族利害的！政治更是個老題目，向來政府常禁止人們談，人們卻偏愛談。袁世凱、張作霖的時代，北平茶樓多掛著「莫談國事」的牌子，正見出人們的愛談國事來。但是新聞和政治總還是跟在天氣後頭的多，除了這些，人們愛談的是些逸聞和故事。這又全然回到茶餘酒後的消遣了。還有性和鬼，也是閒談的老題目。據說美國有個化學家，專心致志的研究他的化學，差不多不知道別的，可就愛談性，不惜一晚半晚的談下去。鬼呢，我們相信的明明很少，有時候卻也可以獨占一個晚上。不過這些都得有個引子，單刀直入是很少的。

談話也得看是哪一等人。平常總是地位差不多職業相近似的人聚會的時候多，話題自然容易找些。若是聚會裏夾著些地位相殊或職業不近的人，那就難點兒。引子倒是有現成的，如上文所說種種，也盡夠用了，難的是怎樣談下去。若是知識或見聞夠廣博的，自然可以抓住些新題目，適合這些特殊的客人的興趣，同時還不至於冷落了別人。要不然，也可以發揮自己的熟題目，但得說成和天氣差不多的雅俗共賞的樣子。話題就難在這「共賞」或「同情」上頭。不用說，題目的性質是一個決定的因子。可是無論什麼地位什麼職業的人，總還是人，人情是不相遠的。誰都可以談談天氣，就是眼前的好證據。雖然是自己的熟題目，只要揀那些聽起來不費力而可以滿足好奇心的節目發揮開去，也還是可以共賞的。

這兒得留意隱藏著自己，自己的知識和自己的身分。但是「自己」並非不能作題目，「自己」也是人，只要將「自己」當作一個不多不少的「人」陳述著，不要特別愛惜，更不要得意忘形，人們也會同情的。自己小小的錯誤或愚蠢，不妨公諸同好，用不著愛惜。自己的得意，若有可以引起一般人興趣的地方，不妨說是有一個人如此這般，或者以多報少，像不說「很知道」而說「知道一點兒」之類。用自己的熟題目，還有一層便宜處。若有大人物在座，能找出適合他的口味而大家也聽得進去的話題，固然很好，可是萬一說了外行話，就會引得那大人物或別的人肚子裏笑，不如談自己的倒是善於用短。無論如何，一番話總要能夠教座中人悅耳快心，暫時都忘記了自己的地位和職業才好。

有些人只願意人家聽自己的談話。一個聲望高，知識廣，聽聞多，記性強的人，往往能夠獨占一個場面，滔滔不絕的談下去。他談的也許是若干牽搭著的題目，也許只是一個題目。若是座中只三五個人，這也可以是一個愉快的場面，雖然不免有人抱向隅之感。若是人多了，也許就有另行找伴兒搭話的，那就有些殺風景了。這個獨占場面的人若是聲望不夠高，知識和經驗不夠廣，聽話的可窘了。人多還可以找伴兒搭話，人少就只好乾耗著，一面想別的。在這種聚會裏，主人若是盡可能預先將座位安排成可分可合的局勢，也許方便些。平常的閒談可總是引申別人一點兒，自己也說一點兒，想著是別人樂意聽聽的；別人若樂意聽下去，就多說點兒。還得讓那默默無言的和冷冷兒的收起那長面孔，也高興的聽著。①這才有意思。

閒談不一定增進人們的知識，可是對人對事得有廣泛的知識，才可以有談的；有些人還得常常讀些書報，才不至於談的老是那幾套兒。並且得有好性兒，要不然，淨鬧別扭，真成了「話不投機半句多」了。記性和機智不用說也是少不得的。記性壞，往往談得忽斷忽連的，教人始而悶氣，繼而著急。機智差，往往趕不上點兒，對不上茬兒。閒談總是斷片的多，大段的需要長時間，維持場面不易。又總是報告的描寫的多，議論少。議論不能太認真，太認真就不是閒談；可也不能太不認真，太不認真就不成其爲議論；得斟酌乎兩者之間，所以難。議論自然可以批評人，但是得泛泛兒的，遠遠兒的；也未嘗不可罵人，但是得用同情口吻。你說這是戲！人生原是戲。戲也是有道理的，並不一定是假的。閒談要有意思；所謂「語言無味」，就是沒有意思。不錯，閒談多半是費話，可是有意思的費話和沒有意思的還是不一樣。「又臭又長」，沒有意思；重複，矛盾，老套兒，也沒有意思。「又臭又長」也是機智差，重複和矛盾是記性壞，老套兒是知識或見聞太可憐見的。所以除非精力過人，談話不可太多，時間不可太久，免得露了馬腳。古語道，「言多必失」，這兒也用得著。

還有些人只願意自己聽人家的談話。這些人大概是些不大能，或不大愛談話的。世上或者有「一錐子也扎不出一句話」的，可是少。那不是笨貨就是怪人，可以存而不論。平常所謂不能談話的，也許是知識或見聞不夠用，也許是見的世面少。這種人在家裏，在親密的朋友裏，也能有說有笑的，一到了排場些的聚會，就啞了。但是這種人歷練歷練，能以成。也許是懶。這種人記性大概不好；懶得談，其實也沒談的。還有，是矜持。這種人是「語不驚人死不休」的。他們在等著一句聰明的話，可是老等不著。——等得著的是「談言微中」的真聰明人；這種人不能說是不能談話，只能說是不愛談話。不愛談話的卻還有深心的人；他們生怕露了什麼口風，落了什麼把柄似的，老等著人家開口。也還有謹慎的人，他們只是小心，不是深心；只是自己不談或少談，並不等著人家。這是明哲保身的人。向來所讚美的「寡言」，其實就是這樣的人。但是「寡言」原來似乎是針對著戰國時代「好辯」說的。後世有些高雅的人，覺得話多了就免不了說到俗事上去，愛談話就免不了俗氣，這和「寡言」的本義倒還近些。這些愛「寡言」的人也有他們的道理，謝安和劉義慶的讚美都是值得的。不過不能談話不愛談話的人，卻往往更願意聽人家的談話，人情究竟是不甘靜默的。——就算談話免不了俗氣，但俗的是別人，自己只聽聽，也樂得的。一位英國的無名作家說過：「良心好，不愧於神和人，是第一件樂事，第二件樂事就是談話。」②就一般人看，閒談這一件樂事其實是不可少的。

注釋

①The World,1754,No,94，導言，P.6。

②The World,1754,No,94，據William Mathews書引。

如面談

朋友送來一匣信箋，箋上刻著兩位古裝的人，相對拱揖，一旁題了「如面談」三個大字。是明代鍾惺的尺牘選第一次題這三個字，這三個字恰說出了寫信的用處。信原是寫給「你」或「你們幾個人」看的；原是「我」對「你」或「你們幾個人」的私人談話，不過是筆談罷了。對談的人雖然親疏不等，可是談話總不能像是演說的樣子，教聽話的受不了。寫信也不能像作論的樣子，教看信的受不了，總得讓看信的覺著信裏的話是給自己說的才成。這在乎各等各樣的口氣。口氣合式，才能夠「如面談」。但是寫信究竟不是「面談」；不但不像「面談」時可以運用聲調表情姿態等等，並且老是自己的獨白，沒有穿插和掩映的方便，也比「面談」難。寫信要「如面談」，比「面談」需要更多的心思和技巧，並不是一下筆就能做到的。

可是在一種語言裏，這種心思和技巧，經過多少代多少人的運用，漸漸的程式化。只要熟習了那些個程式，應用起來，「如面談」倒也不見得怎樣難。我們的文言信，就是久經程式化了的，寫信的人利用那些程式，可以很省力的寫成合式的，多多少少「如面談」的信。若教他們寫白話，倒不容易寫成這樣像信的信。《兩般秋雨隨筆》記著一個人給一個婦人寫家信，那婦人要照她說的寫，那人周章了半天，終歸擱筆。他沒法將她說的那些話寫成一封像信的信。文言信是有樣子的，白話信壓根兒沒有樣子；那人也許覺得白話壓根兒就不能用來寫信。同樣心理，測字先生代那些不識字的寫信，也並不用白話；他們寧可用那些不通的文言，如「來信無別」之類。我們現在自然相信白話可以用來寫信，而且有時也實行寫白話信。但是常寫白話文的人，似乎除了胡適之先生外，寫給朋友的信，還是用文言的時候多，這只要翻翻現代書簡一類書就會相信的。原因只是一個「懶」字。文言信有現成的程式，白話信得句句斟酌，好像作文一般，太費勁，誰老有那麼大工夫？文言至今還能苟偷懶，慢慢找出些白話應用文的程式，文言就真「死」了。

林語堂先生在《論語錄體之用》（《論語》二十六期）裏說過：

一人修書，不曰「示悉」，而曰「你的芳函接到了」，不曰「至感」「歉甚」，而曰「很感謝你」「非常慚愧」，便是嚕哩嚕蘇，文章不經濟。

「示悉」，「至感」，「歉甚」，都是文言信的程式，用來確是很經濟，很省力的。但是林先生所舉的三句「嚕哩嚕蘇」的白話，恐怕只是那三句文言的直譯，未必是實在的例子。我們可以說「來信收到了」，「感謝」，「對不起」，「對不起得很」，用不著繞彎兒從文言直譯。——若真有這樣繞彎兒的，那一定是新式的測字先生！這幾句白話似乎也是很現成，很經濟的。字數比那幾句相當的文言多些，但是一種文體有一種經濟的標準，白話的字句組織與文言不同，它們其實是兩種語言，繁簡當以各自的組織爲依據，不當相提並論。白話文固然不必全合乎口語，白話信卻總該是越能合乎口語，才越能「如面談」。這幾個句子正是我們口頭常用的，至少是可以上口的，用來寫白話信，我想是合式的。

麻煩點兒的是「敬啓者」，「專此」，「敬請大安」，這一套頭尾。這是一封信的架子；有了它才像一封信，沒有它就不像一封信。「敬啓者」如同我們向一個人談話，開口時用的「我對你說」那句子，「專此」「敬請大安」相當於談話結束時用的「沒有什麼啦，再見」那句子。但是「面談」不一定用這一套兒，往往只要一轉臉向著那人，就代替了那第一句話，一點頭就代替了那第二句話。這是寫信究竟不「如面談」的地方。現在寫白話信，常是開門見山，沒有相當於「敬啓者」的套頭。但是結尾卻還是裝上的多，可也只用「此祝健康！」「祝你進步！」「祝好！」一類，像「專此」「敬請大安」那樣分截的形式是不見了。「敬啓者」的淵源是很悠久的，司馬遷《報任少卿書》開頭一句是「太史公牛馬走司馬遷再拜言，少卿足下」，「再拜言」就是後世的「敬啓者」。「少卿足下」在「再拜言」之下，和現行的格式將稱呼在「敬啓者」前面不一樣。既用稱呼開頭，「敬啓者」原不妨省去；現在還因循的寫著，只是遺形物罷了。寫白話信的人不理會這個，也是自然而然的。「專此」「敬請大安」下面還有稱呼作全信的真結尾，也可算是遺形物，也不妨省去。但那「套頭」差不多全剩了形式，這「套尾」多少還有一些意義，白話信裏保存著它，不是沒有理由的。

在文言信裏，這一套兒有許多變化，表示寫信人和受信人的身分。如給父母去信，就須用「敬稟者」，「謹此」，「敬請福安」，給前輩去信，就須用「敬肅者」，「敬請道安」，給後輩去信，就須用「啓者」，「專泐」，「順問近佳」之類，用錯了是會讓人恥笑的——尊長甚至於還會生氣。白話信的結尾，雖然還沒講究到這些，但也有許多變化；那些變化卻只是修辭的變化，並不表明身分。因爲是修辭的變化，所以不妨掉掉筆頭，來點新鮮花樣，引起看信人的趣味，不過總也得和看信人自身有些關切才成。如「敬祝抗戰勝利」，雖然人同此心，但是「如面談」的私人的信裏，究竟嫌膚廓些。又如「謹致民族解放的敬禮」，除非寫信人和受信人的雙方或一方是革命同志，就不免不親切的毛病。這都有些像演說或作論的調子。修辭的變化，文言的結尾裏也有。如「此頌文祺」，「敬請春安」，「敬頌日祉」，「恭請痊安」，等等，一時數不盡，這裏所舉的除「此頌文祺」是通用的簡式外，別的都是應時應景的式子，不能亂用。寫白話信的人既然不願扔掉結尾，似乎就該試試多造些表示身分以及應時應景的式子。只要下筆時略略用些心，這是並不難的。

最麻煩的要數稱呼了。稱呼對於口氣的關係最是直截的，一下筆就見出，拐不了彎兒。談話時用稱呼的時候少些，鬧了錯兒，還可以馬虎一些。寫信不能像談話那樣面對面的，用稱呼就得多些；鬧了錯兒，白紙上見黑字，簡直沒個躲閃的地方。文言信裏稱呼的等級很繁多，再加上稱呼底下帶著的敬語，真是數不盡。開頭的稱呼，就是受信人的稱呼，有時還需要重疊，如「父母親大人」，「仁兄大人」，「先生大人」等。現在「仁兄大人」等是少用了，卻換了「學長我兄」之類；至於「父母親」加上「大人」，依然是很普遍的。開頭的稱呼底下帶著的敬語，有的似乎原是些位置詞，如「膝下」，「足下」；這表示自己的信不敢直率的就遞給受信人，只放在他或他們的「膝下」，「足下」，讓他或他們得閒再看。有的原指伺候的人，如「閣下」，「執事」；這表示只敢將信遞給「閣下」的公差，或「執事」的人，讓他們覷空兒轉呈受信人看。可是用久了，用熟了，誰也不去注意那些意義，只當作敬語用罷了。但是這些敬語表示不同的身分，用的人是明白的。這些敬語還有一個緊要的用處。在信文裏稱呼受信人有時只用「足下」，「閣下」，「執事」就成；這些縮短了，替代了開頭的那些繁瑣的詞兒。——信文裏並有專用的簡短的稱呼，像「臺端」便是的。另有些敬語，卻真的只是敬語，如「大鑒」，「台鑒」，「鈞鑒」，「勳鑒」，「道鑒」等，「有道」也是的。還有些只算附加語，不能算敬語，像「如面」，「如晤」，「如握」，以及「覽」，「閱」，「見字」，「知悉」等，大概用於親近的人或晚輩。

結尾的稱呼，就是寫信人的自稱，跟帶著的敬語，現在還通用的，卻沒有這樣繁雜。「弟」用得最多，「小弟」，「愚弟」只偶然看見。光頭的名字，用的也最多，「晚」，「後學」，「職」也只偶然看見。其餘還有「兒」，「侄」等：「世侄」也用得著，「愚侄」卻少——這年頭自稱「愚」的究竟少了。敬語是舊的「頓首」和新的「鞠躬」最常見；「謹啓」太質樸，「再拜」太古老，「免冠」雖然新，卻又不今不古的，這些都少用。對尊長通用「謹上」，「謹肅」，「謹稟」——「叩稟」，「跪稟」有些稀罕了似的；對晚輩通用「泐」，「字」等，或光用名字。

白話裏用主詞句子多些，用來寫信，需要稱呼的地方自然也多些。但是白話信的稱呼似乎最難。文言信用的那些，大部分已經成了遺形物，用起來即使不至於覺得封建氣，即使不至於覺得滿是虛情假意，但是不親切是真的。要親切，自然得向「面談」裏去找。可是我們口頭上的稱呼，還在演變之中，凝成定型的絕無僅有，難的便是這個。我們現在口頭上通用於一般人的稱呼，似乎只有「先生」。而這個「先生」又不像「密斯忒」、「麥歇」那樣真可以通用於一般人。譬如英國大學裏教師點名，總稱「密斯忒某某」，中國若照樣在點名時稱「某某先生」，大家就覺得客氣得過火點兒。「先生」之外，白話信裏最常用的還有「兄」，口頭上卻也不大聽見。這是從文言信裏借來稱呼比「先生」親近些的人的。按說十分親近的人，直寫他的名號，原也未嘗不可，難的是那些疏不到「先生」，又親不到直呼名號的。所以「兄」是不可少的詞兒——將來久假不歸，也未可知。

更難的是稱呼女人，劉半農先生曾主張將「密斯」改稱「姑娘」，卻只成爲一時的談柄；我們口頭上似乎就沒有一個真通用的稱呼女人的詞兒。固然，我們常說「某小姐」，「某太太」，但寫起信來，麻煩就來了。開頭可以很自然的寫下「某小姐」，「某太太」，信文裏再稱呼卻就繞手；還帶姓兒，似乎不像信，不帶姓兒，又像丫頭老媽子們說話。只有我們口頭上偶而一用的「女士」，倒可以不帶姓兒，但是又有人嫌疑它生刺刺的。我想還是「女士」大方些，大家多用用就熟了。要不，不分男女都用「先生」也成，口頭上已經有這麼稱呼的——不過顯得太單調罷了。至於寫白話信的人稱呼自己，用「弟」的似乎也不少，不然就是用名字。「弟」自然是從文言信裏借來的，雖然口頭上自稱「兄弟」的也有。光用名字，有時候嫌不大客氣，這「弟」字也是不可少的，但女人給普通男子寫信，怕只能光用名字，稱「弟」既不男不女的，稱「妹」顯然又太親近了，——正如開頭稱「兄」一樣。男人寫給普通女子的信，不用說，也只能光用名字。白話信的稱呼卻都不帶敬語，只自稱下有時裝上「鞠躬」，「謹啓」，「謹上」，也都是借來的，可還是懶得裝上的多。這不帶敬語，卻是歐化。那些敬語現在看來原夠膩味的，一筆勾銷，倒也俐落，乾淨。

五四運動後，有一段兒還很流行稱呼的歐化。寫白話信的人開頭用「親愛的某某先生」或「親愛的某某」，結尾用「你的朋友某某」或「你的真摯的朋友某某」，是常見的，近年來似乎不大有了，即使在青年人的信裏。這一套大約是從英文信裏抄襲來的。可是在英文裏，口頭的「親愛的」和信上的「親愛的」，親愛的程度迥不一樣。口頭的得真親愛的才用得上，人家並不輕易使喚這個詞兒；信上的不論你是誰，認識的，不認識的，都得來那麼一個「親愛的」——用慣了，用濫了，完全成了個形式的敬語，像我們文言信裏的「仁兄」似的。我們用「仁兄」，不管他「仁」不「仁」；他們用「親愛的」，也不管他「親愛的」不「親愛的」。可是寫成我們的文字，「親愛的」就是不折不扣的親愛的——在我們的語言裏，「親愛」真是親愛，一向是不折不扣的——，因此看上去老有些礙眼，老覺著過火點兒；甚至還肉麻呢。再說「你的朋友」和「你的真摯的朋友」。有人曾說「我的朋友」是標榜，那是用在公開的論文裏的。我們雖然只談不公開的信，雖然普通用「朋友」這詞兒，並不能表示客氣，也不能表示親密，可是加上「你的」，大書特書，怕也免不了標榜氣。至於「真摯的」，也是從英文裏搬來的。毛病正和「親愛的」一樣。——當然，要是給真親愛的人寫信，怎麼寫也成，上面用「我的心肝」，下面用「你的寵愛的叭兒狗」，都無不可，不過本文是就一般程式而論，只能以大方爲主罷了。

白話信還有領格難。文言信裏差不多是看不見領格的，領格表現在特種敬語裏。如「令尊」，「嫂夫人」，「潭府」，「惠書」，「手教」，「示」，「大著」，「鼎力」，「尊裁」，「家嚴」，「內人」，「舍下」，「拙著」，「綿薄」，「鄙見」等等，比起別種程式，更其是數不盡。有些口頭上有，大部分卻是寫信寫出來的。這些足以避免稱呼的重複，並增加客氣。文言信除了寫給子侄，是不能用「爾」，「汝」，「吾」，「我」等詞的，若沒有這些敬語，遇到領格，勢非一再稱呼不可；雖然信文裏的稱呼簡短，可是究竟嫌累贅些。這些敬語口頭上還用著的，白話信裏自然還可以用，如「令尊」，「大著」，「家嚴」，「內人」，「舍下」，「拙著」等，但是這種非常之少。白話信裏的領格，事實上還靠重複稱呼，要不就直用「你」「我」字樣。稱呼的重複免不了累贅，「你」「我」相稱，對於生疏些的人，也不合式。這裏我想起了「您」字。國語的「您」可用於尊長，是個很方便的敬詞——本來是複數，現在卻只用作單數。放在信裏，作主詞也好，作領格也好，既可以減少那累贅的毛病，也不至於顯得太托熟似的。

寫信的種種程式，作用只在將種種不同的口氣標準化，只在將「面談」時的一些聲調表情姿態等等標準化。熟悉了這些程式，無需句斟字酌，在口氣上就有了一半的把握，就不難很省力的寫成合式的，多多少少「如面談」的信。寫信究竟不是「面談」，所以得這樣辦；那些程式有的並不出於「面談」，而是寫信寫出來的，也就是爲此。各色各樣的程式，不是要筆頭，不是掉槍花，都是實際需要逼出來的。文言信裏還不免殘存著一些不切用的遺物，白話信卻只嫌程式不夠用，所以我們不能偷懶，得斟酌情勢，多試一些，多造一些。一番番自覺的努力，相信可以使白話信的程式化完成得更快些。

但是程式在口氣的傳達上至多只能幫一半忙，那一半還得看怎麼寫信文兒。這所謂「神而明之，存乎其人」，沒什麼可說的。不過這裏可以借一個例子來表示同一事件可以有怎樣不同的口氣。胡適之先生說過這樣一個故事：

有一裁縫，花了許多錢送他兒子去念書。一天，他兒子來了一封信。他自己不認識字，他的鄰居一個殺豬的倒識字，不過識的字很少。他把信拿去叫殺豬的看。殺豬的說信裏是這樣的話，「爸爸！趕快給我拿錢來！我沒有錢了，快給我錢！」裁縫說，「信裏是這樣的說嗎！好！我讓他從中學到大學念了這些年書，念得一點禮貌都沒有了！」說著就難過起來。正在這時候，來了一個牧師，就問他為什麼難過。他把原因一說，牧師說，「拿信來，我看看。」就接過信來，戴上眼鏡，讀道，「父親老大人，我現在窮得不得了了，請你寄給我一點錢罷！寄給我半鎊錢就夠了，謝謝你。」裁縫高興了，就寄兩鎊錢給

他兒子。（《中國禪學的發展史》講演詞，王石子記，一九三四年十二月十六日《北平晨報》）

有人說，日記和書信裏，最能見出人的性情來，因爲日記只給自己看，信只給一個或幾個朋友看，寫來都不做作。「不做作」可不是「信筆所之」。日記真不準備給人看，也許還可以「信筆所之」一下；信究竟是給人看的，雖然不能像演說和作論，可也不能只顧自己痛快，真的「信筆」寫下去。「如面談」不是胡帝胡天的，總得有「一點禮貌」，也就是一份客氣。客氣要大方，恰到好處，才是味兒，「如面談」是需要火候的。

人話

在北平待過的人總該懂得「人話」這個詞兒。小商人和洋車夫等等彼此動了氣，往往破口問這麼句話：

你懂人話不懂？——要不就說：

你會說人話不會？

這是一句很重的話，意思並不是問對面的人懂不懂人話，會不會說人話，意思是罵他不懂人話，不會說人話。不懂人話，不會說人話，乾脆就是畜生！這叫拐著彎兒罵人，又叫罵人不帶髒字兒。不帶髒字兒是不帶髒字兒，可到底是「罵街」，所以高尚人士不用這個詞兒。他們生氣的時候也會說「不通人性」，「不像人」，「不是人」，還有「不像話」，「不成話」等等，可就是不肯用「人話」這個詞兒。「不像話」，「不成話」，是沒道理的意思；「不通人性」，「不像人」，「不是人」還不就是畜生？比起「不懂人話」，「不說人話」來，還少拐了一個彎兒呢。可是高尚人士要在人背後才說那些話，當著面大概他們是不說的。這就聽著火氣小，口氣輕似的，聽慣了這就覺得「不通人性」，「不像人」，「不是人」那幾句來得斯文點兒，不像「人話」那麼野。其實，按字面兒說，「人話」倒是個含蓄的詞兒。

北平人講究規矩，他們說規矩，就是客氣。我們走進一家大點兒的鋪子，總有個夥計出來招待，哈哈腰說，「您來啦！」出來的時候，又是個夥計送客，哈哈腰說，「您走啦，不坐會兒啦？」這就是規矩。洋車夫看同夥的問好兒，總說，「您老爺子好？老太太好？」「您少爺在那兒上學？」從不說「你爸爸」，「你媽媽」，「你兒子」，可也不會說「令尊」，「令堂」，「令郎」那些個，這也是規矩。有的人覺得這些都是假仁假義，假聲假氣，不天真，不自然。他們說北平人有官氣，說這些就是憑據。不過天真不容易表現，有時也不便表現。只有在最親近的人面前，天真才有流露的機會，再說天真有時就是任性，也不一定是可愛的。所以得講規矩。規矩是調節天真的，也就是「禮」，四維之首的「禮」。禮須要調節，得有點兒做作是真的，可不能說是假。調節和做作是爲了求中和，求平衡，求自然——這兒是所謂「習慣成自然」。規矩也罷，禮也罷，無非教給人做人的道理。我們現在到過許多大城市，回想北平，似乎講究規矩並不壞，至少我們少碰了許多硬釘子。講究規矩是客氣，也是人氣，北平人愛說的那套話都是他們所謂「人話」。

　別處人不用「人話」這個詞兒，只說講理不講理，雅俗通用。講理是講理性，講道理。所謂「理性」（這是老名詞，重讀「理」字，翻譯的名詞「理性」，重讀「性」字）自然是人的理性，所謂道理也就是做人的道理。現在人愛說「合理」，那個「理」的意思比「講理」的「理」寬得多。「講理」當然「合理」，這是常識，似乎用不著檢出西哲亞里士多德的大帽子，說「人是理性的動物」。可是這句話還是用得著，「講理」是「理性的動物」的話，可不就是「人話」？不過不講理的人還是不講理的人，並不明白的包含著「不懂人話」，「不會說人話」所包含著的意思。講理不一定和平，上海的「講茶」就常教人觸目驚心的。可是看字面兒，「你講理不講理？」的確比「你懂人話不懂？」「你會說人話不會？」和平點兒。「不講理」比「不懂人話」，「不會說人話」多拐了個彎兒，就不至於影響人格了。所謂做人的道理大概指的恕道，就是孔子所說的「己所不欲，勿施於人」。而「人話」要的也就是恕道。按說「理」這個詞兒其實有點兒灰色，趕不上「人話」那個詞兒鮮明，現在也許有人覺得還用得著這麼個鮮明的詞兒。不過向來的小商人洋車夫等等把它用得太鮮明了，鮮明得露了骨，反而糟蹋了它，這真是怪可惜的。

論廢話

「廢話！」「別廢話！」「少說廢話！」都是些不客氣的語句，用來批評或阻止別人的話的。這可以是嚴厲的申斥，可以只是親密的玩笑，要看參加的人，說的話，和用這些語句的口氣。「廢」和「費」兩個不同的字，一般好像表示同樣的意思，其實有分別。舊小說裏似乎多用「費話」，現代才多用「廢話」。前者著重在囉唆，囉唆所以無用；後者著重在無用，無用就覺囉唆。平常說「廢物」，「廢料」，都指斥無用，「廢話」正是一類。「費」是「白費」，「浪費」，雖然指斥，還是就原說話人自己著想，好像還在給他打算似的。「廢」卻是聽話的人直截指斥，不再拐那個彎兒，細味起來該是更不客氣些。不過約定俗成，我們還是用「廢」爲正字。

道家教人「得意而忘言」，言既該忘，到頭兒豈非廢話？佛家告人真如「不可說」，禪宗更指出「開口便錯」：所有言說，到頭兒全是廢話。他們說言不足以盡意，根本懷疑語言，所以有這種話。說這種話時雖然自己暫時超出人外言外，可是還得有這種話，還得用言來「忘言」，說那「不可說」的。這雖然可以不算矛盾，卻是不可解的連環。所有的話到頭來都是廢話，可是人活著得說些廢話，到頭來廢話還是不可廢的。道學家教人少作詩文，說是「玩物喪志」，說是「害道」，那麼詩文成了廢話，這所謂詩文指表情的作品而言。但是詩文是否真是廢話呢？

跟著道家佛家站在高一層看，道學家一切的話也都不免廢話；讓我們自己在人內言內看，詩文也並不真是廢話。人有情有理，一般的看，理就在情中，所以俗話說「講情理」。俗話也可以說「講理」，「講道理」，其實講的還是「情理」；不然講死理或死講理怎麼會叫做「不通人情」呢？道學家只看在理上，想要將情抹殺，詩文所以成了廢話。但誰能無情？誰不活在情裏？人一輩子多半在表情的活著；人一輩子好像總在說理，敘事，其實很少同時不在不知不覺中表情的。「天氣好！」「吃飯了？」豈不都是廢話？可是老在人嘴裏說著。看個朋友商量事兒，有時得閒閒說來，言歸正傳，寫信也常如此。外交辭令更是不著邊際的多。——戰國時觸讋說趙太后，也正仗著那一番廢話。再說人生是個動，行是動，言也是動；人一輩子一半是行，一半是言。一輩子說話作文，若是都說道理，那有這麼多道理？況且誰能老是那麼矜持著？人生其實多一半在說廢話。詩文就是這種廢話。得有點廢話，我們才活得有意思。

不但詩文，就是兒歌，民謠，故事，笑話，甚至無意義的接字歌，繞口令等等，也都給人安慰，讓人活得有意思。所以兒童和民眾愛這些廢話，不但兒童和民眾，文人，讀書人也漸漸愛上了這些。英國吉士特頓曾經提倡「無意義的話」，並曾推薦那本《無意義的書》，正是兒歌等等的選本。這些其實就可以譯為「廢話」和「廢話書」，不過這些廢話是無意義的。吉士特頓大概覺得那些有意義的廢話還不夠「廢」的，所以百尺竿頭更進一步。在繁劇的現代生活裏，這種無意義的廢話倒是可以慰情，可以給我們休息，讓我們暫時忘記一切。這是受用，也就是讓我們活得有意思。——就是說理，有時也用得著廢話，如邏輯家無意義的例句「張三是大於」，「人類是黑的」

等。這些廢話最見出所謂無用之用；那些有意義的，其實也都以無用爲用。有人曾稱一些學者爲「有用的廢物」，我們也不妨如法炮製，稱這些有意義的和無意義的廢話爲「有用的廢話」。廢是無用，到頭來不可廢，就又是有用了。

話說回來，廢話都有用麼？也不然。漢代申公說，「爲政不在多言，顧力行何如耳。」「多言」就是廢話。爲政該表現於行事，空言不能起信；無論怎麼好聽，怎麼有道理，不能兌現的支票總是廢物，不能實踐的空言總是廢話。這種巧語花言到頭來只教人感到欺騙，生出怨望，我們無須「多言」，大家都明白這種廢話真是廢話。有些人說話愛跑野馬，鬧得「遊騎無歸」。有些人作文「下筆千言，離題萬里」。但是離題萬里跑野馬，若能別開生面，倒也很有意思。只怕老在圈兒外兜圈子，兜來兜去老在圈兒外，那就千言萬語也是白饒，只教人又膩味又著急。這種才是「知難」；正爲不知，所以總說不到緊要去處。這種也真是廢話。還有人愛重複別人的話。別人演說，他給提綱挈領；別人談話，他也給提綱挈領。若是那演說談話夠複雜的或者夠雜亂的，我們倒也樂意有人這麼來一下。可是別人說得清清楚楚的，他還要來一下，甚至你自己和他談話，他也要對你來一下——妙在絲毫不覺，老那麼津津有味的，真教人啼笑皆非。其實誰能不重複別人的話，古人的，今人的？但是得變化，加上時代的色彩，境地的色彩，或者自我的色彩，總讓人覺著有點兒新鮮玩意兒才成。不然真是廢話，無用的廢話！

很好

「很好」這兩個字真是掛在我們嘴邊兒上的。我們說，「你這個主意很好。」「你這篇文章很好。」「張三這個人很好。」「這東西很好。」人家問，「這件事如此這般的辦，你看怎麼樣？」我們也常常答道，「很好。」有時順口再加一個，說「很好很好」。或者不說「很好」，卻說「真好」，語氣還是一樣，這麼說，我們不都變成了「好好先生」了麼？我們知道「好好先生」不是無辨別的蠢才，便是有城府的鄉愿。鄉愿和蠢才儘管多，但是誰也不能相信常說「很好」，「真好」的都是蠢才或鄉愿。平常人口頭禪的「很好」或「真好」，不但不一定「很」好或「真」好，而且不一定「好」；這兩個語其實只表示所謂「相當的敬意，起碼的同情」罷了。

在平常談話裏，敬意和同情似乎比真理重要得多。一個人處處講真理，事事講真理，不但知識和能力不許可，而且得成天兒和別人鬧別扭；這不是活得不耐煩，簡直是沒法活下去。自然一個人總該有認真的時候，但在不必認真的時候，大可不必認真；讓人家從你嘴邊兒上得著一點點敬意和同情，保持彼此間或濃或淡的睦誼，似乎也是在世爲人的道理。說「很好」或「真好」，所著重的其實不是客觀的好評而是主觀的好感。用你給聽話的一點點好感，換取聽話的對你的一點點好感，就是這麼回事而已。

你若是專家或者要人，一言九鼎，那自當別論；你不是專家或者要人，說好說壞，一般兒無足重輕，說壞只多數人家背地裏議論你嘴壞或脾氣壞而已，那又何苦來？就算你是專家或者要人，你也只能認真的批評在你門檻兒裏的，世界上沒有萬能的專家或者要人，那麼，你在說門檻兒外的話的時候，還不是和別人一般的無足重輕？還不是得在敬意和同情上著眼？我們成天聽著自己的和別人的輕輕兒的快快兒的「很好」或「真好」的聲音，大家肚子裏反正明白這兩個語的分量。若有人希圖別人就將自己的這種話當作確切的評語，或者簡直將別人的這種話當作自己的確切的評語，那才真是鄉愿或蠢才呢。

我說「輕輕兒的」，「快快兒的」，這就是所謂語氣。只要那麼輕輕兒的快快兒的，你說「好得很」，「好極了」，「太好了」，都一樣，反正不痛不癢的，不過「很好」，「真好」說著更輕快一些就是了。可是「很」字，「真」字，「好」字，要有一個說得重些慢些，或者整個兒說得重些慢些，分量就不同了。至少你是在表示你喜歡那個主意，那篇文章，那個人，那東西，那辦法，等等，即使你還不敢自信你的話就是確切的評語。有時並不說得重些慢些，可是前後加上些字兒，如「很好，咳！」「可真好。」「我相信張三這個人很好。」「你瞧，這東西真好。」也是喜歡的語氣。「好極了」等語，都可以如法炮製。

可是你雖然「很」喜歡或者「真」喜歡這個那個，這個那個還未必就「很」好，「真」好，甚至於壓根兒就未必「好」。你雖然加重的說了，所給予聽話人的，還只是多一些的敬意和同情，並不能闡發這個那個的客觀的價值。你若是個平常人，這樣表示也盡夠教聽話的滿意了。你若是個專家，要人，或者準專家，準要人，你要教聽話的滿意，還得指點出「好」在那裏，或者怎樣怎樣的「好」。這才是聽話的所希望於你們的客觀的好評，確切的評語呢。

說「不錯」，「不壞」，和「很好」，「真好」一樣；說「很不錯」，「很不壞」或者「真不錯」，「真不壞」，卻就是加字兒的「很好」，「真好」了。「好」只一個字，「不錯」，「不壞」都是兩個字；我們說話，有時長些比短些多帶情感，這裏正是個例子。「好」加上「很」或「真」才能和「不錯」，「不壞」等量，「不錯」，「不壞」再加上「很」或「真」，自然就比「很好」，「真好」重了。可是說「不好」卻乾脆的是不好，沒有這麼多陰影。像舊小說裏常見到的「說聲『不好』」和舊戲裏常聽到的「大事不好了」，可爲代表。這裏的「不」字還保持著它的獨立的價值和否定的全量，不像「不錯」，「不壞」的「不」字已經融化在成語裏，沒有多少勁兒。本來呢，既然有膽量在「好」上來個「不」字，也就無需乎再躲躲閃閃的；至多你在中間夾上一個字兒，說「不很好」，「不大好」，但是聽起來還是差不多的。

話說回來，既然不一定「很」好或「真」好，甚至於壓根兒就不一定「好」，爲什麼不沉默呢？不沉默，卻偏要說點兒什麼，不是無聊的敷衍嗎？但是沉默並不是件容易事，你得有那種忍耐的功夫才成。沉默可以是「無意見」，可以是「無所謂」，也可以是「不好」，聽話的卻頂容易將你的沉默解作「不好」，至少也會覺著你這個人太冷，連嘴邊兒上一點點敬意和同情都吝惜不給人家。在這種情景之下，你要不是生就的或煉就的冷人，你忍得住不說點兒什麼才怪！要說，也無非

「很好」，「真好」這一套兒。人生於世，遇著不必認真的時候，樂得多愛點兒，少恨點兒，似乎說不上無聊；敷衍得別有用心才是的，隨口說兩句無足重輕的好聽的話，似乎也還說不上。

我屢次說到聽話的。聽話的人的情感的反應，說話的當然是關心的。誰也不樂意看尷尬的臉是不是？廉價的敬意和同情卻可以遮住人家尷尬的臉，利他的原來也是利己的；一石頭打兩鳥兒，在平常的情形之下，又何樂而不為呢？世上固然有些事是當面的容易，可也有些事兒是當面的難。就說評論好壞，背後就比當面自由些。這不是說背後就可以放冷箭說人家壞話。一個人自己有身分，旁邊有聽話的，自愛的人那能幹這個！這只是說在人家背後，顧忌可以少些，敬意和同情也許有用不著的時候。雖然這時候聽話的中間也許還有那個人的親戚朋友，但是究竟隔了一層；你說聲「不很好」或「不大好」，大約還不至於見著尷尬的臉的。當了面就不成。當本人的面說他這個那個「不好」，固然不成，當許多人的面說他這個那個「不好」，更不成。當許多人的面說他們都「不好」，那簡直是以寡敵眾；只有當許多人的面泛指其中一些人這點那點「不好」，也許還馬虎得過去。所以平常的評論，當了面大概總是用「很好」，「真好」的多。——背後也說「很好」，「真好」，那一定說得重些慢些。

可是既然未必「很」好或者「真」好，甚至於壓根兒就未必「好」，說一個「好」還不成麼？為什麼必得加上「很」或「真」呢？本來我們回答「好不好？」或者「你看怎麼樣？」等問題，也常常只說個「好」就行了。但是只在答話裏能夠這麼辦，別的句子裏可不成。一個原因是我國語言的慣例。單獨的形容詞或形容語用作句子的述語，往往是比較級的。如說「這朵花紅」，「這花朵素淨」，「這朵花好看」，實在是「這朵花比別的花紅」，「這朵花比別的花素淨」，「這朵花比別的花好看」的意思。說「你這個主意好」，「你這篇文章好」，「張三這個人好」，「這東西好」，也是「比別的好」的意思。另一個原因是「好」這個詞的慣例。句裏單用一個「好」字，有時實在是「不好」。如厲聲指點著說「你好！」或者搖頭笑著說，「張三好，現在竟不理我了。」「他們這幫人好，竟不理這個碴兒了。」因爲這些，要表示那一點點敬意和同情的時候，就不得不重話輕說，借用到「很好」或「真好」兩個語了。

是嘍嘛

初來昆明的人，往往不到三天，便學會了「是嘍嘛」這句話。這見出「是嘍嘛」在昆明，也許在雲南罷，是一句普遍流行的應諾語。別地方的應諾語也很多，像「是嘍嘛」這樣普遍流行的似乎少有，所以引起初來的人的趣味。初來的人學這句話，一面是鬧著玩兒，正和到別的任何一個新地方學著那地方的特別話的心情一樣。譬如到長沙學著說「毛得」，就是如此。但是這句話不但新奇好玩兒，簡直太新奇了，乍聽不慣，往往覺得有些不客氣，特別是說在一些店員和人力車夫的嘴裏。他們本來不太講究客氣，而初來的人跟他們接觸最多；一方面在他們看來，初來的人都是些趾高氣揚的外省人，也有些不順眼。在這種小小的摩擦裏，初來的人左聽是一個生疏的「是嘍嘛」，右聽又是一個生疏的「是嘍嘛」，不知不覺就對這句話起了反感，學著說，多少帶點報復的意味。

「是嘍嘛」有點像紹興話的「是唉」格嘴，「是唉」讀成一個音，那句應諾語乍聽起來有時候也好像帶些不客氣。其實這兩句話都可以算是平調，固然也跟許多別的話一樣可以說成不客氣的強調，可還是說平調的多。

現在且只就「是嘍嘛」來看。「嘍」字大概是「了」字的音轉，這「嘍」字是肯定的語助詞。「嘛」字是西南官話裏常用的語助詞，如說「吃嘛」，「看嘛」，「聽嘛」，「睡嘛」，「唱嘛」，還有「振個嘛」，「振」是「這們」的合音，「個」相當於「樣」，好像是說「這們著罷」。「是嘍」或「是了」並不特別，特別的是另加的「嘛」字的煞尾。這個煞尾的語助詞通常似乎表示著祈使語氣，是客氣的請求或不客氣的命令。在「是嘍嘛」這句話裏卻不一樣，這個「嘛」似乎只幫助表示肯定的語氣，對於「是嘍」有加重或強調的作用。也許就是這個肯定的強調，引起初來的人的反感。但是日子久了，聽慣了，就不覺其爲強調了；一句成天在嘴上在耳邊的話，強調是會變爲平調的。昆明人還說「好嘍嘛」，語氣跟「是嘍嘛」一樣。

昆明話的應諾語還有「是勒」這一句，也是別地方沒有的。它的普遍的程度，不如「是嘍嘛」，卻在別的應諾語之上。前些時有個雲南朋友（他不是昆明人）告訴我，「是勒」是舊的說法，「是嘍嘛」是新的。我疑心他是依據這兩句話普遍的程度而自己給定出的解釋。據我的觀察，「是勒」是女人和孩子說的多，是一句客氣的應諾語。「是勒」就是「是呢」，「呢」字在這裏也用作肯定的語助詞。北平話讀「呢」爲「哪」，例如說，「還沒有來哪」，「早著哪」，都是平調，可不說「是哪」。昆明讀成「勒」，比「哪」字顯得細聲細氣的，所以覺得客氣；男人不大愛說，也許就爲了這個原故。

從字音上說，「嘍」字的子音（l）比「勒」字的子音（n）硬些，「嘛」字的母音（a）比「勒」字的母音（ei）寬些，所以「嘍嘛」這個語助詞顯得粗魯些。「是嘍嘛」這句話，若將「是」字或「嘛」字重讀或拖長，就真成了不客氣的強調。聽的人覺得是在受教訓似的，像一位前輩先生老氣橫秋的向自己說，「你的話算說對啦！」要不然，就會覺得說話的是在厭煩自己似的，他好像是說，「得勒，別廢話啦！」「是勒」這句話卻不相同，它帶點兒嫩氣，總是客客氣氣的。昆明人也說「好勒」，跟「好嘍嘛」在語氣上的分別，和兩個「是」字句一樣。

昆明話的應諾語，據我所聽到的，還有兩個。一個是「是噢！」說起來像一個多少的「少」字。這是下對上的應諾語，有如北平的「著」字，但是用的很少，比北平的「著」字普遍的程度差得多。又一個是「是的嘍𠯠」。有一回走過菜市，聽見一個外省口音的太太向一個賣東西的女人說，「我常買你的！」那女人應著「是的嘍𠯠」，下文卻不知怎麼樣。這句話似乎也是強調轉成了平調，別處倒也有的。

上面說起「著」字，我想到北平的應諾語。北平人說「是得（的）」，是平調。「是呀」帶點同情，是「你說著了」的味兒。「可不是！」「可不是嗎！」比「是呀」同情又多些。「是啊？」表示有點兒懷疑，也許不止一點兒懷疑，可是只敢或者只願意表示這一點兒。「是嗎？」懷疑就多一些，「是嗎！」卻帶點兒驚。這些都不特別另加語助詞，都含著多多少少的客氣。

不知道

世間有的是以不知爲知的人。孔子老早就教人「知之爲知之，不知爲不知，是知也。」這是知識的誠實。知道自己的不知道，已經難，承認自己的不知道，更是難。一般人在知識上總愛表示自己知道，至少不願意教人家知道自己不知道。蘇格拉底也早看出這個毛病，他可總是盤問人家，直到那些人承認不知道而止。他是爲真理。那些受他盤問的人，讓他一層層逼下去，到了兒無可奈何，才只得承認自己不知道；但凡有一點兒躲閃的地步，這班人一定還要強詞奪理，不肯輕易吐出「不知道」那句話的。在知識上肯坦白的承認自己不知道的，是個了不得的人，即使不是聖人，也該是君子人。知道自己的不知道，並且讓人家知道自己的不知道，這是誠實，是勇敢。孔子說「是知也」，這個不知道其實是真知道——至少真知道自己，所謂自知之明。

世間可也有以不知爲妙的人。《莊子・齊物論》記著：

嚙缺問乎王倪曰，「子知物之所同是乎？」曰，「吾惡乎知之！」「子知子之所不知邪？」曰，「吾惡乎知之！」「然則物無知邪？」曰：「吾惡乎知之！雖然，嘗試言之，庸詎知吾所謂知之非不知邪？庸詎知吾所謂不知之非知邪？……」

三問而三不知。最後嚙缺問道，「子不知利害，則至人固不知利害乎？」王倪的回答是，至人神妙不測，還有什麼利害呢！他雖然似乎知道至人，可是並不知道至人知道不知道利害，所以還是一個不知。所以《應帝王》裏說，「嚙缺問於王倪，四問而四不知，嚙缺因躍而大喜。」莊學反對知識，王倪才會說知也許是不知，不知也許是知——再進一層說，那神妙不測的境界簡直是個不可知。王倪的四個不知道使嚙缺恍然悟到了那境界，所以他「躍而大喜」。這是不知道的妙處，知道了妙處就沒有了。《桃花源》裏人「不知有漢，無論魏晉」。太上隱者「山中無曆日，寒盡不知年」，人與自然爲一，也是個不知道的妙。

人情上也有以不知道爲妙的。章回小說敘到一位英雄落難，正在難解難分的生死關頭，突然打住道，「不知英雄性命如何，且聽下回分解。」這叫做「賣關子」。作書的或「說話的」明知道那英雄的性命如何，「看官」或聽書的也明知道他知道，他卻賣癡賣呆的裝作不知道，愣說不知道。他知道大家關心，急著要知道，卻偏偏且不說出，讓大家更擔心，更著急，這才更不能不去聽他的看他的。妙就妙在這兒。再說少男少女未結婚的已結婚的提到他們的愛人或伴兒，往往只禿頭說一個「他」或「她」字。你若問他或她是誰，那說話的會賭氣似的答你，「不知道！」賭氣似的是爲你明知故問，害羞帶撒嬌可是一大半兒。孩子在賭氣的時候，你問什麼，他往往會給你一個「不知道！」專心的時候也會如此。就是不賭氣不專心的時候，你若問到他忌諱或瞞人的話，他還會給你那個「不知道！」而且會賭起氣來，至少也會賭氣似的。孩子們總還是天真，他的不知道就是天真的妙。這些個不知道其實是「不告訴你！」或「不理你！」或「我管不著！」

有些脾氣不好的成人，在脾氣發作的時候也會像孩子似的，問什麼都不知道。特別是你弄壞了他的東西或事情向他商量怎麼辦的時候，他的第一句答話往往是重重的或冷冷的一個「不知道！」這兒說的還是和你平等的人，若是他高一等，那自然更夠受的。——孩子遇見這種情形，大概會哭鬧一場，可是哭了鬧了就完事，倒不像成人會放在心裏的。——這個「不知道！」其實是「不高興說給你！」成人也有在專心的時候問什麼都不知道的，那是所謂忘性兒大的人，不太多，而且往往是一半兒忘，一半兒裝。忌諱的或瞞人的話，成人的比孩子的多而複雜，不過臨到人家問著，他大概會用輕輕的一個「不知道」遮掩過去；他不至於動聲色，爲的是動了聲色反露出馬腳。至於像「你這個人真是，不知道利害！」還有，「咳，不知道得多少錢才夠我花的！」這兒的不知道卻一半兒認真，一半鬧著玩兒。認真是真不知道，因爲誰能知道呢？你可以說：「天知道你這個人多利害！」「鬼知道得多少錢才夠我花的！」還是一樣的語氣。「天知道」，「鬼知道」，明明沒有人知道。既然明明沒有人知道，還要說「不知道」，不是費話？鬧著玩兒？鬧著玩可並非沒有意義，這個不知道其實是爲了加重語氣，爲了強調「你這個人多利害」，「得多少錢才夠我花的」那兩句話。

世間可也有成心以知爲不知的，這是世故或策略。俗語道，「一問三不知」，就指的這種世故人。他事事怕惹是非，擔責任，所以老是給你一個不知道。他不知道，他沒有說什麼，鬧出了大小錯兒是你們的，牽不到他身上去。這個可以說是「明哲保身」的不知道。老師在教室裏問學生的書，學生回答「不知道」。也許他懶，沒有看書，答不出；也許他看了書，還弄不清楚，想著答錯了還不如回一個不知道，老師倒可以多原諒些。後一個不知道便是策略。五四運動的時候，北平有些學生被員警廳逮去送到法院。學生會請劉崇佑律師作辯護人。劉先生教那些學生到法院受訊的時候，對於審判官的問話如果不知道怎樣回答才好，或者怕出了岔兒，就乾脆說一個「不知道」。真的，你說「不知道」，人家抓不著你的把柄，派不著你的錯處。從前用刑訊，即使真不知道，也可以逼得你說「知道」，現在的審判官卻只能盤問你，用話套你，逼你，或誘你，說出你知道的。你如果小心提防著，多說些個「不知道」，審判官也沒法奈何你。這個不知道更顯然是策略。不過這策略的運用還在乎人。老辣的審判官在一大堆費話裏夾帶上一兩句要緊話，讓你提防不著，也許你會漏出一兩個知道來，就定了案，那時候你所有的不知道就都變成廢物了。

最需要「不知道」這策略的，是政府人員在回答新聞記者的問話的時候。記者若是提出不能發表或不便發表的內政外交問題來，政府發言人在平常的情形之下總得答話，可是又著不得一點兒邊際，所以有些左右爲難。固然他有時也可以「默不作聲」，有時也可以老實答道，「不能奉告」或「不便奉告」；但是這麼辦得發言人的身分高或問題的性質特別嚴重才成，不然便不免得罪人。在平常的情形之下，發言人可以只說「不知道」，既得體，又比較婉轉。

這個不知道其實是「無可奉告」，比「不能奉告」或「不便奉告」語氣略覺輕些。至於發言人究竟是知道，是不知道，那是另一回事兒，可以不論。現代需用這一個不知道的機會很多。每回的局面卻不完全一樣。發言人斟酌當下的局面，有時將這句話略加變化，說得更婉轉些，也更有趣些，教那些記者不至於窘著走開去。這也可以說是新的人情世故，這種新的人情世故也許比老的還要來得微妙些。

這個「不知道」的變化，有時只看得出一個「不」字。例如說，「未獲得續到報告之前，不能討論此事」，其實就是「現在無可奉告」的意思。前年九月二十日，美國赫爾國務卿接見記者時，「某記者問，外傳美國遠東戰隊已奉令集中菲律賓之加維特之說是否屬實。赫爾答稱，『微君言，余固不知此事。』」從現在看，赫爾的話大概是真的，不過在當時似乎只是一句幽默的辭令，他的「不知」似乎只是策略而已。去年八月羅斯福總統和邱吉爾首相在大西洋上會晤，華盛頓六日國際社電——「海軍當局宣稱：當局接得總統所發波多馬克號遊艇來電，內稱遊艇現正沿海岸緩緩前進；電訊中並未提及總統將赴海上某地與英首相會晤。」這是一般的宣告，因為當時全世界都在關心這件事。但是宣告裏只說了些閒話，緊要關頭卻用「電訊中並未提及」一句遮掩過去，跟沒有說一樣。還有，威爾基去年從英國回去，參議員克拉克問他，「威爾基先生，你在周遊英倫時，英國希望美國派艦護送軍備，你有些知道嗎？」威爾基答道，「我想不起有人表示過這樣的願望。」「想不起」比「不知道」活動得多；參議員不是新聞記者，威爾基不能不更婉轉些，更謹慎些——，可是結果也還是一個「無可奉告」。

這個不知道有時甚至會變成知道，不過知道的都是些似相干又似不相干的事兒，你摸不著頭腦，還是一般無二。前年十月八日華盛頓國際社電，說羅斯福總統「恐亞洲局勢因滇緬路重開而將發生突變」，「日來屢與空軍作戰部長史塔克，海軍艦隊總司令李卻遜，及前海軍作戰部長現充國防顧問李海等三巨頭會商。總統並於接見記者時稱，彼等會談時僅研究地圖而已云云。」「僅研究地圖而已」是答應了「知道」，但是這樣輕描淡寫的，還是「不知道」的比「知道」的多。去年五月，澳總理孟席爾到美國去，謁見羅斯福總統，「會談一小時之久。後孟氏對記者稱：吾人僅對數項事件，加以討論，吾人實已經行地球一周，結果極令人振奮云。澳駐美公使加賽旋亦對記者稱，澳總理與總統所商談者為古今與將來之事件。」「經行地球一周」，「古今與將來之事件」，「知道」的圈兒越大，圈兒裏「不知道」的就越多。

這個不知道還會變成「他知道」。去年八月二十七日華盛頓合眾社電，說記者「問總統對於野村大使所謂日美政策之睽隔必須彌縫，有何感想。總統避不作答，僅謂現已有人以此事詢諸赫爾國務卿矣。」已經有人去問赫爾國務卿，國務卿知道，總統就不必作答了。去年五月十六日華盛頓合眾社電，說羅斯福總統今日接見記者，說「美國過去曾兩次不宣而戰，第一次係北非巴巴拉之海盜，曾於一八八三年企圖封鎖地中海上美國之航行。第二次美將派海軍至印度，以保護美國商業，打擊英、法、西之海盜。」「記者詢以『今日亦有巴巴拉海盜式之人物乎？』總統稱，『請諸君自己判斷可也。』」「諸君自己判斷」，你們自己知道，總統也就不必作答了。「他知道」或「你知道」，還用發言人的「我」說什麼呢？——這種種的變形，有些雖面目全非，細心吟味，卻都從那一個不知道脫胎換骨，不過很微妙就是了。發言人臨機應變，盡可層出不窮，但是百變不離其宗；這個不知道也算是神而明之的了。

話中有鬼

不管我們相信有鬼或無鬼，我們的話裏免不了有鬼。我們話裏不但有鬼，並且鑄造了鬼的性格，描畫了鬼的形態，賦予了鬼的才智。憑我們的話，鬼是有的，並且是活的。這個來歷很多，也很古老，我們有的是鬼傳說，鬼藝術，鬼文學。但是一句話，我們照自己的樣子創出了鬼，正如宗教家的上帝照他自己的樣子創出了人一般。鬼是人的化身，人的影子。我們討厭這影子，有時可也喜歡這影子。正因爲是自己的化身，才能說得活靈活現的，才會老掛在嘴邊兒上。

「鬼」通常不是好詞兒。說「這個鬼！」是在罵人，說「死鬼」也是的。還有「煙鬼」，「酒鬼」，「饞鬼」等，都不是好話。不過罵人有怒罵，也有笑罵；怒罵是恨，笑罵卻是愛——俗語道，「打是疼，罵是愛」，就是明證。這種罵儘管罵的人裝得牙癢癢的，挨罵的人卻會覺得心癢癢的。女人喜歡罵人「鬼……」「死鬼！」大概就是這個道理。至於「刻薄鬼」，「嗇刻鬼」，「小氣鬼」等，雖然不大惹人愛似的，可是笑嘻嘻的罵著，也會給人一種熱，光卻不會有——鬼怎麼會有光？光天化日之下怎麼會有鬼呢？固然也有「白日見鬼」這句話，那跟「見鬼」，「活見鬼」一樣，只是說你「與鬼爲鄰」，說你是個鬼。鬼沒有陽氣，所以沒有光。所以只有「老鬼」，「小鬼」，沒有「少鬼」，「壯鬼」，老年人跟小孩子陽氣差點兒，憑他們的年紀就可以是鬼，青年人，中年人陽氣正盛，不能是鬼。青年人，中年人也可以是鬼，但是別有是鬼之道，不關年紀。「閻王好見，小鬼難當」，那「小」的是地位，所以可怕可恨；若憑年紀，「老鬼」跟「小鬼」倒都是恨也成，愛也成。——若說「小鬼頭」，那簡直還親親兒的，熱熱兒的。又有人愛說「鬼東西」，那也還只是鬼，「鬼」就是「東西」，「東西」就是「鬼」。總而言之，鬼貪，鬼小，所以「有錢使得鬼推磨」；鬼是一股陰氣，是黑暗的東西。人也貪，也小，也有黑暗處，鬼其實是代人受過的影子。所以我們只說「好人」，「壞人」，卻只說「壞鬼」；恨也罷，愛也罷，從來沒有人說「好鬼」。

「好鬼」不在話下，「美鬼」也不在話下，「醜鬼」倒常聽見。說「鬼相」，說「像個鬼」，也都指鬼而言。不過醜的未必就不可愛，特別像一個女人說「你看我這副鬼相！」「你看我像個鬼！」她真會想教人討厭她嗎？「做鬼臉」也是鬼，可是往往惹人愛，引人笑。這些都是醜得有意思。「鬼頭鬼腦」不但醜，並且醜得小氣。「鬼膽」也是小的，「鬼心眼兒」也是小的。「鬼胎」不用說的怪胎，「懷著鬼胎」不用說得擔驚害怕。還有，書上說，「冷如鬼手馨！」鬼手是冰涼的，屍體原是冰涼的。「鬼叫」，「鬼哭」都刺耳難聽。——「鬼膽」和「鬼心眼兒」卻有人愛，爲的是怪可憐見的。從我們話裏所見的鬼的身體，大概就是這一些。

再說「鬼鬼祟祟的」雖然和「鬼頭鬼腦」差不多，可只描畫那小氣而不光明的態度，沒有指出身體部分。這就跟著「出了鬼！」「其中有鬼！」固然，「鬼」，「詭」同音，但是究竟因「鬼」而「詭」，還是因「詭」而「鬼」，似乎是個兜不完的圈子。我們也說「出了花樣」，「其中有花樣」，「花樣」正是「詭」，是「譎」；鬼是詭譎不過的，所以花樣多的人，我們說他「鬼得很！」書上的「鬼蜮伎倆」，口頭的「鬼計多端」，指的就是這一類人。這種人只惹人討厭招人恨，誰愛上了他們才怪！這種人的話自然常是「鬼話」。不過「鬼話」未必都是這種人的話，有些居然娓娓可聽，簡直是「暱暱兒女語」，或者是「海外奇談」。說是「鬼話」！儘管不信可是愛聽的，有的是。尋常誑語也叫做「鬼話」，王爾德說得有理，誑原可以是很美的，只要撒得好。鬼並不老是那麼精明，也有馬虎的時候，說這種「無關心」的「鬼話」，就是他馬虎的時候。寫不好字叫做「鬼畫符」，做不好活也叫做「鬼畫符」，都是馬馬虎虎的，敷敷衍衍的。若連不相干的「鬼話」都不愛說，「符」也不愛「畫」，那更是「懶鬼」。「懶鬼」還可以希望他不懶，最怕的是「鬼混」，「鬼混」就簡直沒出息了。

從來沒有聽見過「笨鬼」，鬼大概總有點兒聰明，所謂「鬼聰明」。「鬼聰明」雖然只是不正經的小聰明，卻也有了不起處。「什麼鬼玩意兒！」儘管你瞧不上眼，他的可是一套玩意兒。你笑，你罵，你有時笑不得，哭不得，總之，你不免讓「鬼玩意兒」要一回。「鬼聰明」也有正經的，書上叫做「鬼才」。李賀是唯一的號爲「鬼才」的詩人，他的詩濃麗和幽險，森森然有鬼氣。更上一層的「鬼聰明」，書上叫做「鬼工」；「鬼工」險而奇，非人力所及。這詞兒用來誇讚佳山水，大自然的創作，但似乎更多用來誇讚人們文學的和藝術的創作。還有「鬼斧神工」，自然奇妙，也是這一類頌辭。借了「神」的光，「鬼」才能到這「自然奇妙」的一步，不然只是「險而奇」罷了。可是借光也不大易，論書畫的將「神品」列在第一，絕不列「鬼品」，「鬼」到底不能上品，真也怪可憐的。

正義

人間的正義是在哪裡呢？

正義是在我們的心裏！從明哲的教訓和見聞的意義中，我們不是得著大批的正義麼？但白白的擱在心裏，誰也不去取用，卻至少是可惜的事。兩石白米堆在屋裏，總要吃它乾淨，兩箱衣服堆在屋裏，總要輪流穿換，一大堆正義卻扔在一旁，滿不理會，我們真大方，真捨得！看來正義這東西也真賤，竟抵不上白米的一個尖兒，衣服的一個扣兒。——爽性用它不著，倒也罷了，誰都又裝出一副發急的樣子，張張皇皇的尋覓著。這個葫蘆裏賣的什麼藥？我的聰明的同伴呀，我真想不通了！

我不曾見過正義的面，只見過它的彎曲的影兒——在「自我」的唇邊，在「威權」的面前，在「他人」的背後。

正義可以做幌子，一個漂亮的幌子，所以誰都願意念著它的名字。「我是正經人，我要做正經事」，誰都向他的同伴這樣隱隱的自詡著。但是除了用以「自詡」之外，正義對於他還有什麼作用呢？他獨自一個時，在生人中間時，早忘了它的名字，而去創造「自己的正義」了！他所給予正義的，只是讓它的影兒在他的唇邊閃爍一番而已。但是，這畢竟不算十分孤負正義，比那憑著正義的名字以行罪惡的，還勝一籌。可怕的正是這種假名行惡的人。他嘴裏唱著正義的名字，手裏卻滿滿的握著罪惡；他將這些罪惡送給社會，黏上金碧輝煌的正義的簽條送了去。社會憑著他所唱的名字和所黏的簽條，欣然受了這份禮；就是明知道是罪惡，也還是欣然受了這份禮！易卜生「社會棟梁」一齣戲，就是這種情形。這種人的唇邊，雖更頻繁的閃爍著正義的彎曲的影兒，但是深藏在他們心底的正義，只怕早已霉了，爛了，且將毀滅了。在這些人裏，我見不著正義！

在親子之間，師傅學徒之間，軍官兵士之間，上司屬僚之間，似乎有正義可見了，但是也不然。卑幼大抵順從他們長上的，長上要施行正義於他們，他們誠然是不「能」違抗的——甚至「父教子死，子不得不死」一類話也說出來了。他們發見有形的撲鞭和無形的賞罰在長上們的背後，怎敢去違抗呢？長上們憑著威權的名字施行正義，他們怎敢不遵呢？但是你私下問他們，「信麼？服麼？」他們必搖搖他們的頭，甚至還奮起他們的雙拳呢！這正是因為長上們不憑著正義的名字而施行正義的緣故了。這種正義只能由長上行於卑幼，卑幼是不能行於長上的，所以是偏頗的；這種正義只能施於卑幼，而不能施於他人，所以是破碎的；這種正義受著威權的鼓弄，有時不免要擴大到它的應有的輪廓之外，那時它又是肥大的。這些仍舊只是正義的彎曲的影兒。不憑著正義的名字而施行正義，我在這等人裏，仍舊見不著它！

在沒有威權的地方，正義的影兒更彎曲了。名位與金錢的面前，正義只剩淡如水的微痕了。你瞧現在一班大人先生見了所謂督軍等人的勁兒！他們未必願意如此的，但是一當了面，估量著對手的名位，就不免心裏一軟，自然要給他一些面子——於是不知不覺的就敷衍起來了。至於平常的人，偶然見了所謂名流，也不免要吃一驚，那時就是心裏有一百二十個不以為然，也只好姑且放下，另做出一番「足恭」的樣子，以表傾慕之誠。所以一班達官通人，差不多是正義的化外之民，他們所做的都是合於正義的，乃至他們所做的就是正義了！——在他們實在無所謂正義與否了。呀！這樣，正義豈不已經淪亡了？卻又不然。須知我只說「面前」是無正義的，「背後」的正義卻幸而還保留著。社會的維持，大部分或者就靠著這背後的正義罷。但是背後的正義，力量究竟是有限的，因為隔開一層，不由的就單弱了。一個為富不仁的人，背後雖然免不了人們的指謫，面前卻只有恭敬。一個華服翩翩的人，犯了違警律，就是員警也要讓他五分。這就是我們的正義了！我們的正義百分之九十九是在背後的，而在極親近的人間，有時連這個背後的正義也沒有！因為太親近了，什麼也可以原諒了，什麼也可以馬虎了，正義就任怎麼彎曲也可以了。背後的正義只有存生疏的人們間。生疏的人們間，沒有什麼密切的關係，自然可以用上正義這個幌子。至於一定要到背後才叫出正義來，那全是為了情面的緣故。情面的根柢大概也是一種同情，一種廉價的同情。現在的人們只喜歡廉價的東西，在正義與情面兩者中，就盡先取了情面，而將正義放在背後。在極親近的人間，情面的優先權到了最大限度，正義就幾乎等於零，就是在背後也沒有了。背後的正義雖也有相當的力量，但是比起面前的正義就大大的不同，啟發與戒懼的功能都如攙了水的薄薄的牛乳似的——於是仍舊只算是一個彎曲的影兒。在這些人裏，我更見不著正義！

人間的正義究竟是在哪裡呢？滿藏在我們心裏！為什麼不取出來呢？它沒有優先權！在我們心裏，第一個尖兒是自私，其餘就是威權，勢力，親疏，情面等等；等到這些角色一一演畢，才輪得到我們可憐的正義。你想，時候已經晚了，它還有出臺的機會麼？沒有！所以你要正義出臺，你就得排除一切，讓它做第一個尖兒。你得憑著它自己的名字叫它出臺。你還得抖擻精神，準備一副好身手，因爲它是初出臺的角兒，搗亂的人必多，你得準備著打——不打不成相識呀！打得站住了腳攔住了手，那時我們就能從容的瞻仰正義的面目了。

論自己

翻開辭典，「自」字下排列著數目可觀的成語，這些「自」字多指自己而言。這中間包括著一大堆哲學，一大堆道德，一大堆詩文和廢話，一大堆人，一大堆我，一大堆悲喜劇。自己「真乃天下第一英雄好漢」，有這麼些可說的，值得說值不得說的！難怪紐約電話公司研究電話裏最常用的字，在五百次通話中會發現三千九百九十次的「我」。這「我」字便是自己稱自己的聲音，自己給自己的名兒。

自愛自憐！真是天下第一英雄好漢也難免的，何況區區尋常人！冷眼看去，也許只覺得那枉自尊大狂妄得可笑；可是這只見了真理的一半兒。掉過臉兒來，自愛自憐確也有不得不自愛自憐的。幼小時候有父母愛憐你，特別是有母親愛憐你。到了長大成人，「娶了媳婦兒忘了娘」，娘這樣看時就不必再愛憐你，至少不必再像當年那樣愛憐你。——女的呢，「嫁出門的女兒，潑出門的水」；做母親的雖然未必這樣看，可是形格勢禁而且鞭長莫及，就是愛憐得著，也只算找補點罷了。愛人該愛憐你？然而愛人們的嘴一例是甜蜜的，誰能說「你泥中有我，我泥中有你！」真有那麼回事兒？趕到愛人變了太太，再生了孩子，你算成了家，太太得管家管孩子，更不能一心兒愛憐你。你有時候會病，「久病床前無孝子」，太太怕也夠倦的，夠煩的。住醫院？好，假如有運氣住到像當年北平協和醫院樣的醫院裏去，倒是比家裏強得多。但是護士們看護你，是服務，是工作；也許夾上點兒愛憐在裏頭，那是「好生之德」，不是愛憐你，是愛憐「人類」。——你又不能老待在家裏，一離開家，怎麼著也算「作客」；那時候更沒有愛憐你的。可以有朋友招呼你；但朋友有朋友的事兒，那能教他將心常放在你身上？可以有屬員或僕役伺候你，那——說得上是愛憐麼？總而言之，天下第一愛憐自己的，只有自己；自愛自憐的道理就在這兒。

再說，「大丈夫不受人憐。」窮有窮幹，苦有苦幹；世界那麼大，憑自己的身手，哪兒就打不開一條路？何必老是向人愁眉苦臉唉聲嘆氣的！愁眉苦臉不順耳，別人會來愛憐你？自己免不了傷心的事兒，咬緊牙關忍著，等些日子，等些年月，會平靜下去的。說說也無妨，只別不揀時候不看地方老是向人叨叨，叨叨得誰也不耐煩的岔開你或者躲開你。也別怨天怨地將一大堆感嘆的句子向人身上扔過去。你怨的是天地，倒礙不著別人，只怕別人奇怪你的火氣怎麼這樣大。——自己也免不了吃別人的虧。值不得計較的，不做聲吞下肚去。出入大的想法子復仇，力量不夠，臥薪嘗膽的准備著。可別這兒那兒盡嚷嚷——嚷嚷完了一扔開，倒便宜了那欺負你的人。「好漢胳膊折了往袖子裏藏」，為的是不在人面前露怯相，要人愛憐這「苦人兒」似的，這是要強，不是裝。說也怪，不受人憐的人倒是能得人憐的人；要強的人總是最能自愛自憐的人。

大丈夫也罷，小丈夫也罷，自己其實是渺乎其小的，整個兒人類只是一個小圓球上一些碳水化合物，像現代一位哲學家說的，別提一個人的自己了。莊子所謂馬體一毛，其實還是放大了看的。英國有一家報紙登過一幅漫畫，畫著一個人，彷彿在一間鋪子裏，周遭陳列著從他身體裏分析出來的各種原素，每種標明分量和價目，總數是五先令——那時合七元錢。現在物價漲了，怕要合國幣一千元了罷？然而，個人的自己也就值區區這一千元兒！自己這般渺小，不自愛自憐著點又怎麼著！然而，「頂天立地」的是自己，「天地與我並生，萬物與我爲一」的也是自己；有你說這些大處只是好聽的話語，好看的文句？你能愣說這樣的自己沒有！有這麼的自己，豈不更值得自愛自憐的？再說自己的擴大，在一個尋常人的生活裏也可見出。且先從小處看。小孩子就愛搜集各國的郵票，正是在擴大自己的世界。從前有人勸學世界語，說是可以和各國人通信。你覺得這話幼稚可笑？可是這未嘗不是擴大自己的一個方向。再說這回抗戰，許多人都走過了若干地方，增長了若干閱歷。特別是青年人身上，你一眼就看出來，他們是和抗戰前不同了，他們的自己擴大了。——這樣看，自己的小，自己的大，自己的由小而大。在自己都是好的。

自己都覺得自己好，不錯；可是自己的確也都愛好。做官的都愛做好官，不過往往只知道愛做自己家裏人的好官，自己親戚朋友的好官；這種好官往往是自己國家的貪官汙吏。做盜賊的也都愛做好盜賊——好嘍囉，好夥伴，好頭兒，可都只在賊窩裏。有大好，有小好，有好得這樣壞。自己關閉在自己的丁點大的世界裏，往往越愛好越壞。所以非擴大自己不可。但是擴大自己得一圈兒一圈兒的，得充實，得踏實。別像肥皂泡兒，一大就裂。「大丈夫能屈能伸」，該屈的得屈點兒，別只顧伸出自己去。也得估計自己的力量。力量不夠的話，「人一能之，己百之，人十能之，己千之」；得寸是寸，得尺是尺。總之路是有的。看得遠，想得開，把得穩；自己是世界的時代的一環，別脫了節才真算好。力量怎樣微弱，可是是自己的。相信自己，靠自己，隨時隨地盡自己的一份兒往最好裏做去，讓自己活得有意思，一時一刻一分一秒都有意思。這麼著，自愛自憐才真是有道理的。

論東西

中國讀書人向來不大在乎東西。「家徒四壁」不失爲書生本色，做了官得「兩袖清風」才算好官；愛積聚東西的只是俗人和貪吏，大家是看不起的。這種不在乎東西可以叫做清德。至於像《世說新語》裏記的：

王恭從會稽還，王大看之，見其坐六尺簟，因語恭，「卿東來，故應有此物。可以一領及我。」恭無言。大去後，即舉所坐者送之。既無餘席，便坐薦上。後大聞之，甚驚曰，「吾本謂卿多，故求耳。」對曰，「丈人不悉恭，恭作人無長物。」

「作人無長物」也是不在乎東西，不過這卻是達觀了。後來人常說「身外之物，何足計較！」一類話，也是這種達觀的表現，只是在另一角度下。不爲物累，才是自由人，「清」是從道德方面看，「達」是從哲學方面看，清是不濁，達是不俗，是雅。

讀書人也有在乎東西的時候，他們有的有收藏癖。收藏的可只是書籍，字畫，古玩，郵票之類。這些人愛逛逛書店，逛逛舊貨鋪，地攤兒，積少也可成多，但是不能成爲大收藏家。大收藏家總得沾點官氣或商氣才成。大收藏家可認真的在乎東西，書生的愛美的收藏家多少帶點兒遊戲三味。——他們隨時將收藏的東西公諸同好，有時也送給知音的人，並不嚴封密裹，留著「子孫永寶用」。這些東西都不是實用品，這些愛美的收藏家也還不失為雅癖。日常的實用品，讀書人是向來不在乎也不屑在乎的。事實上他們倒也短不了什麼，一般的說，吃的穿的總有的。吃的穿的有了，別的短點兒也就沒什麼了。這些人可老是捨不得添置日用品，因此常跟太太們鬧別扭。而在搬家或上路的時候，太太們老是要多帶東西，他們老是要多丟東西，更會大費唇舌——雖然事實上是太太勝利的多。

現在讀書人可也認真的在乎東西了，而且連實用品都一視同仁了。這兩年東西實在漲得太快，電兔兒都追不上，一般讀書人吃的穿的漸漸沒把握；他們雖然還在勉力保持清德，但是那種達觀卻只好暫時擱在一邊兒了。於是乎談煙，談酒，更開始談柴米油鹽布。這兒是第一回，先生們和太太們談到一路上去了。酒不喝了，煙越抽越壞，越抽越少，而且在打主意戒了——將來收藏起煙斗煙嘴兒當古玩看。柴米油鹽布老在想法子多收藏點兒，少消費點兒。什麼都愛惜著，真做到了「一粥一飯當思來處不易」。這些人不但不再是癡聾的阿家翁，而且簡直變成克家的令子了。那愛美的雅癖，不用說也得暫時的擱在一邊兒。這些人除了職業的努力以外，就只在柴米油鹽布裏兜圈子，好像可憐見兒的。其實倒也不然。他們有那一把清骨頭，夠自己驕傲的。再說柴米油鹽布裏也未嘗沒趣味，特別是在現在這時候。例如今天忽然知道了油鹽有公賣處，便宜那麼多；今天知道了王老闆家的花生油比張老闆的每斤少五毛錢；今天知道柴漲了，幸而昨天買了三百斤收藏著。這些消息都可以教人帶著勝利的微笑回家。這是掙扎，可也是消遣不是？能夠在柴米油鹽布裏找著消遣的是有福的。在另一角度下，這也是達觀或雅癖哪。

讀書人大概不樂意也沒本事改行，他們很少會搖身一變成爲囤積居奇的買賣人的。他們現在雖然也愛惜東西，可是更愛惜自己；他們愛惜東西，其實也只能愛惜自己的。他們不用說愛惜自己需要的柴米油鹽布，還有就只是自己箱兒籠兒裏一些舊東西，書籍呀，衣服呀，什麼的。這些東西跟著他們在自己的中國裏流轉了好多地方，幾個年頭，可是他們本人一向也許並不怎樣在意這些舊東西，更不會跟它們親熱過一下子。可是東西越來越貴了，而且有的越來越少了，他們這才打開自己的箱籠細看，嘿！多麼可愛呀，還存著這麼多東西哪！於是乎一樣樣拿起來端詳，越端詳越有意思，越有勁兒，像多年不見的老朋友似的，不知道怎樣親熱才好。有了這些，得閒兒就去摩挲一番，盡抵得上逛舊貨鋪，地攤兒，也盡抵得上喝一回好酒，抽幾支好煙的。再說自己看自己原也跟別人看自己一般，壓根兒是窮光蛋一個；這一來且不管別人如何，自己確是覺得富有了。瞧，寄售所，拍賣行，有的是，暴發戶的買主有的是，今天拿去賣點兒，明天拿去賣點兒，總該可以貼補點兒吃的穿的。等賣光了，抗戰勝利的日子也就到了，那時候這些讀書人該是老脾氣了，那時候他們會這樣想，「一些身外之物算什麼哪，又都是破爛兒！咱們還是等著逛書店，舊貨鋪，地攤兒罷。」

朱自清作品精選：1
背影【經典新版】

作者：朱自清
發行人：陳曉林
出版所：風雲時代出版股份有限公司
地址：10576台北市民生東路五段178號7樓之3
電話：(02) 2756-0949
傳真：(02) 2765-3799
執行主編：朱墨菲
美術設計：吳宗潔
行銷企劃：林安莉
業務總監：張瑋鳳

初版日期：2019年10月
ISBN：978-986-352-733-6

風雲書網：http://www.eastbooks.com.tw
官方部落格：http://eastbooks.pixnet.net/blog
Facebook：http://www.facebook.com/h7560949
E-mail：h7560949@ms15.hinet.net
劃撥帳號：12043291
戶名：風雲時代出版股份有限公司

風雲發行所：33373桃園市龜山區公西村2鄰復興街304巷96號
電話：(03) 318-1378
傳真：(03) 318-1378
法律顧問：永然法律事務所 李永然律師
北辰著作權事務所 蕭雄淋律師

行政院新聞局局版台業字第3595號 營利事業統一編號22759935

定價：220元

國家圖書館出版品預行編目資料

朱自清作品精選：1 背影 經典新版 / 朱自清著. --
初版. -- 臺北市：風雲時代, 2019.09 面； 公分

ISBN 978-986-352-733-6（平裝）

855 108012149